OS CRISTÃOS

Trilogia

OS CRISTÃOS

Volume 1

O Manto do Soldado

Volume 2

O Batismo do Rei

Volume 3

A Cruzada do Monge

Max Gallo

OS CRISTÃOS

O Batismo do Rei

Volume 2

Tradução

Eloá Jacobina

BERTRAND BRASIL

Título original: *Le Baptême du Roi*

Capa: Sérgio Campante

Editoração: DFL

2007
Impresso no Brasil
Printed in Brazil

CIP-Brasil. Catalogação na fonte
Sindicato Nacional dos Editores de Livros, RJ

M162b Gallo, Max, 1932-
O batismo do rei/Max Gallo; tradução Eloá Jacobina. – Rio de Janeiro: Bertrand Brasil, 2007.
196p. : – (Os cristãos; v. 2)

Tradução de: Le baptême du roi
Seqüência de: O manto do soldado
Continua com: A cruzada do monge
ISBN 978-85-286-1296-7

1. Clóvis, Rei dos francos, ca. 466-511 – Ficção. 2. Cristianismo – História – Ficção. 3. França – História eclesiástica – Ficção. 4. Romance francês. I. Jacobina, Eloá. II. Título. III. Série.

CDD – 843
07-3989 CDU – 821.133.1-3

EDITORA BERTRAND BRASIL LTDA.
Rua Argentina, 171 — 1º andar — São Cristóvão
20921-380 — Rio de Janeiro — RJ
Tel.: (0xx21) 2585-2070 — Fax: (0xx21) 2585-2087

Atendemos pelo Reembolso Postal.

"Há duas categorias de franceses que nunca compreenderão a história da França: os que se recusam a vibrar com a lembrança de Reims e os que lêem sem emoção o relato da festa da Federação. Pouco importa a atual orientação de suas preferências. A sua impermeabilidade aos mais belos transbordamentos de entusiasmo coletivo basta para condená-los."

MARC BLOCH,
L'Étrange défaite [A estranha derrota], 1940.

"Para mim, a história da França começa com Clóvis, escolhido rei da França pela tribo dos francos que deram nome à França... Meu país é um país cristão, e começo a contar a história da França a partir da ascensão de um rei cristão que traz o nome dos francos."

CHARLES DE GAULLE, in David Schoenbrunn,
Les Trois vies de Charles de Gaulle
[As três vidas de Charles de Gaulle], 1965.

SUMÁRIO

PRIMEIRA PARTE

UM

Era um homem idoso que vestia uma túnica de lã marrom com um cordão de cânhamo em tom mais claro amarrado na cintura. Estava na entrada de uma gruta que se abria na falésia de calcário a cavaleiro do rio. Era tão encurvado, o queixo encostado no peito, que eu não distinguia seu rosto, mas somente o alto da testa e o crânio cheio de nódulos coberto por uma leve penugem cinzenta.

Chamava-se Parthenius e diziam que conhecera Genoveva, a virgem que protegera Lutécia, e Remi, o bispo de Reims que batizara Clóvis.

Mais tarde, Parthenius também freqüentaria a corte do rei Clóvis e da rainha Clotilde.

Todos haviam morrido, enquanto ele sobrevivia nesse monastério de Marmoutier, que Martinho, o bispo de Tours, criara muito tempo antes.

— Por que veio até aqui? — perguntou-me Parthenius com voz cansada, erguendo um pouco a cabeça.

Suas faces e têmporas eram encovadas, as maçãs, salientes. Por trás das pálpebras semicerradas, eu adivinhava o olhar velado.

Ele estendeu o braço e mostrou primeiro o Loire que corria em largos meandros, depois, a escada de degraus estreitos talhados na rocha branca, que tive de subir para chegar à pequena plataforma em frente à gruta.

— Você viveu muitas vidas — respondi. — Os nomes dos imperadores desapareceram, o seu ainda está presente. Você ficou sendo o produto do amálgama dos homens. Teve mulheres. Lutou com o gládio. Amou e degolou. Viu os campos de batalha cobertos com os corpos de milhares de bárbaros, hunos, alanos, visigodos. Você conviveu com os reis. Garantiram-me que morou em Roma e Bizâncio. Conhece as grandes cidades da Gália, Trier, Bordeaux, Orléans, Reims. Defendeu a Gália nas margens do Reno. Depois foi para Tours, recolheu-se no túmulo de são Martinho e retirou-se para esta gruta como um eremita, um monge. E eu vim encontrá-lo aqui.

— Por que veio? — repetiu ele. — Não desejo mais falar com os homens, quero apenas implorar que Deus me ouça e me acolha.

Mal conseguindo mexer os dedos, ele faz um gesto com a mão esquerda para me afastar.

— Vá embora — murmurou. — Deixe-me rezar.

Eu, ao contrário, me aproximei.

— Saí de Lutécia há várias semanas — continuei. — A estrada é longa para chegar até aqui. Mas você é o único que pode restabelecer a narrativa de nossas origens. Disseram-me até que você escreveu a nossa história.

Parthenius balançou a cabeça, mexendo os lábios sem pronunciar uma palavra. Por fim, murmurou que com esses livros — ele escrevera dez de crônicas, sete de milagres, um livro sobre a vida dos padres, dois narrando sua própria vida — quis apenas ilustrar os desígnios de Deus.

— Eu também não tenho outro propósito — respondi. — Mas seus livros se perderam: os bárbaros os reduziram a cinzas. E você se fechou em silêncio. Guarda com você o que sabe, sem se preocupar em partilhar essas riquezas com os homens que procuram conhecer as obras de Deus, seguir Sua pegada. Se vim até aqui, foi para ouvir todos os tesouros de sua memória, para maior glória do Senhor.

— Não possuo mais nada — resmungou Parthenius. — O que eu sabia já se desvaneceu.

O ancião voltou as costas para mim e entrou na gruta. Eu o segui.

Uma lamparina de azeite colocada em um nicho iluminava o lugar. Vi uma mesa em que estavam dispostos um cântaro e uma tigela. Numa das paredes havia uma cavidade; uma coberta rala estava estendida diretamente na pedra. Era ali que Parthenius devia se deitar.

O ancião estava ajoelhado, as mãos postas, no fundo da gruta.

— Naveguei pelo Sena e pelo Loire — comecei. — Em Tours juntei-me à multidão dos peregrinos e rezei com eles na basílica diante das relíquias de são Martinho. Martinho falou comigo. Ele me disse: "Procura Parthenius e ele te responderá."

Eu me aproximei e me ajoelhei perto dele.

— Se você mantiver silêncio — prossegui —, será como se abandonasse um corpo sem sepultura, à mercê dos abutres. O tempo é um rapinante. Não deixará nenhuma memória sua. Pois então que as palavras que você me confiar sejam como pedras talhadas com as quais construirei uma basílica. Nela, os homens vão se recolher depois da nossa morte, como os peregrinos se reúnem hoje no túmulo de são Martinho.

O ancião virou ligeiramente a cabeça e me examinou.

— Você é jovem e orgulhoso — murmurou ele. — Não poderá construir nada sem a ajuda de Deus.

— Tenho a esperança. Diga-me o que sabe, e Deus me assistirá.

Parthenius sacudiu a cabeça.

— O que quer saber?

— Tudo.

— Você tem a avidez de um homem no começo da vida. Eu estou velho. Minha memória não passa de um caos.

Ele se levanta, dirige-se a passos lentos para a beira da gruta e acrescenta enquanto caminha pela plataforma:

— É como um entulho nos pés da falésia...

Parecia esgotado com esses poucos passos.

— ... e o fôlego me falta freqüentemente — ainda conseguiu emitir.

Pus a mão em seu ombro e senti os ossos pontudos em minha palma.

— São as lembranças que o sufocam, Parthenius — disse-lhe. — Se me contar o que sabe, vai respirar melhor.

Pareceu-me que seu ombro se movia sob meus dedos, e todo seu corpo se desfazia.

Ele se inclinou sondando o nevoeiro que aos poucos cobria o rio com um véu cinzento.

— Ouça... — murmurou.

Depois se calou sacudindo a cabeça, os olhos fechados, as faces acabrunhadas como se todo seu rosto expressasse o desânimo, a impossibilidade em que se achava de acrescentar o que quer que fosse.

Tomei as mãos dele e as mantive apertadas.

Insisti. Cristão, ele tinha o dever de ensinar aos novos batizados, bem como aos pagãos que ainda se recusavam a renunciar a seus ídolos, como foi que Deus ajudou os povos e seus reis a escolherem a verdadeira fé e a vencerem os bárbaros e suas falsas crenças.

— Você deve isso, Parthenius! — Deixe que suas lembranças venham a mim. Eu as organizarei. Conte-me, mesmo confusamente, o que você viveu. Descreva os milagres que presenciou. Fale-me dos sacrifícios, dos sofrimentos que os cristãos tiveram de suportar. Relate as batalhas que travaram.

Ele reabre os olhos, olha-me demoradamente.

— É mais longo do que você imagina, uma vida! — sorri com tristeza.

Atravessou em sentido contrário a plataforma que o nevoeiro começava a invadir e entrou de novo na gruta.

DOIS

— Você não pode imaginar o que nós vivemos! — suspira Parthenius.

Encolhido no catre escavado na rocha, ele envolve as pernas com os braços, a testa apoiada nos joelhos. A voz sai dessa bola marrom em cujo centro o crânio e a nuca formam uma mancha acinzentada.

— Tínhamos medo — continua ele. — Éramos poucos nas fortificações para defender nossas cidades: Trier ou Reims, Lutécia ou Orléans, enquanto povos de guerreiros bárbaros, que pareciam brotar das florestas além do Reno, despencavam todos sobre nós. Eles avançavam nus, o corpo quase sempre coberto com o sangue dos sacrifícios. Atravessavam os rios, o Reno, o Sena ou o Loire, como se a água fosse o elemento deles. Nós os matávamos aos milhares, mas outros ressurgiam pisando nos cadáveres dos precedentes, subindo nos corpos empilhados para alcançar o alto de nossas muralhas. Apareciam de repente, os cabelos longos caindo nos ombros, a nuca raspada, urrando como só uma fera consegue urrar. Brandiam o machado. Lançavam o dardo com uma força tal que perfurava todas as couraças, e a ponta saía nas costas dos atingidos.

"Aprendemos a distinguir os nomes dessas matilhas com corpo e rosto de homem: havia os alanos, os vândalos, os sármatas, os suevos, os saxões, os gépidas, os alamanos, os burgúndios, os godos e os visigodos; depois vieram os hunos.

"Eles nos expulsavam de nossas cidades, depois combatiam entre si.

"Nós os observávamos escondidos nas florestas para onde tínhamos fugido como animais acossados. Já éramos cristãos. Rezávamos ajoelhados, de cabeça baixa. O que teríamos feito para sermos abandonados assim? Os bárbaros pilhavam as igrejas, violavam as mulheres, depois as massacravam, quebravam os vasos sagrados a machadadas, fundiam os crucifixos de ouro e prata. Nós ouvíamos os gritos, os cantos deles e os prantos dos prisioneiros.

"Pensei muitas vezes, confesso e me arrependo, que os deuses de meus ancestrais, que eu renegara pela fé em Cristo, vingavam-se dessa maneira, castigando os cristãos, entregando suas cidades e seus santuários aos bárbaros.

"Roma, a própria Roma, caíra nas mãos deles e, durante três dias, ela, a Cidade, fora pilhada, saqueada, e seus habitantes, cidadãos de um império que se tornara cristão, foram subordinados à implacável crueldade dos godos..."

Parthenius esconde o rosto nas palmas das mãos. Os dedos longos e nodosos envolvem seu crânio. Ele murmura que ninguém teria podido defender Roma contra os bárbaros nem impedi-los de se precipitarem do Reno até a Espanha, cobrindo de mortos a Gália inteira.

— Contudo, você lutou contra eles — disse-lhe eu. — E os fez recuar várias vezes. Você foi um soldado heróico...

Parthenius levanta um braço.

— Só fale do que viu! O Império desmoronava como um velho palácio cujas colunas cediam e ruíam uma atrás da outra. Logo só restavam alguns blocos de mármore entre os escombros.

Ele suspira e acrescenta:

— E se você se debruçar e passar a ponta dos dedos sobre esse mármore que parece apenas uma pedra lisa, vai encontrar toda uma teia de rachaduras...

Finalmente, ele abaixa as mãos e descobre o rosto.

— Servi nas legiões do imperador Majoriano — recomeça. — Obedecia às ordens de Aécio, que se proclamava patrício e chefe dos milicianos. Mas, quando eu olhava a minha volta e via os homens de armas em cuja companhia eu ia combater, parecia-me que eram os mesmos que eu enfrentara antes sob as muralhas de Trier ou de Lutécia. Tratava-se de guerreiros do povo franco, que se dizia aliado de Roma e alegava que seus reis Clódio, Meroveu, Childerico haviam jurado deter o avanço dos godos, dos visigodos, dos alamanos, dos suevos, dos vândalos. Ora, e o que eram eles senão um povo bárbaro? Eu dizia freqüentemente a Severo, um de meus companheiros de armas, que várias vezes me salvara a vida: — Eles são monstros, vão nos trair!

"Severo alçava os ombros e respondia: — Pois eu sou realmente um germano e sirvo a Roma. Para sobreviver, o Império precisa se revitalizar com o sangue dos bárbaros, não só lhes cortando a garganta, mas bebendo nessa fonte vermelha de vida. Eu sou germano e tão cristão quanto você. Façamos dos guerreiros francos nossos filhos, e lutemos com eles contra os hunos!

"— Era o último povo que surgia da floresta, o mais selvagem. Seriam mesmo da raça humana aqueles homens que viviam em cima de cavalos, alimentavam-se da carne dos ouriços e cobriam o corpo com túnicas feitas de pele de rato?

"Eu convivi com eles, contava-me Severo; era como se eu me encontrasse realmente no meio de uma quantidade de ratos nauseabundos e cruéis. Todos os outros povos, até mesmo os godos, têm alguma coisa do homem; aqueles lá são criaturas saídas das profundezas mais tenebrosas. Contra eles, todos os outros povos podiam se tornar nossos aliados...

"Eu ouvia meu companheiro de armas e observava os francos. Eles raspavam a barba, mas deixavam um bigode fino. Puxavam os cabelos da testa para trás e os prendiam no alto da cabeça, desguarnecendo a nuca. Os olhos eram tão claros que chegavam à transparência da água.

"Apesar das afirmações de Severo, eu desconfiava deles e sempre me mantinha afastado, pois sabia que eles saltavam muito alto e em grande distância e eram capazes de atingir um inimigo atirando o machado de lâmina dupla. Já os tinha visto lutarem dessa maneira contra os alamanos, os burgúndios e os hunos que se achavam a mais de cem passos.

"Eles nunca me ameaçaram, mas eu os temia. Pagãos, brutais, enterravam seus mortos junto com os cavalos, matavam os familiares para se apossar de seus bens ou de seu poder. Adoravam deuses antes de Cristo, sacrificando vidas para homenagear seus ídolos. Acreditavam em lendas. Um dia, um deles me contou que a mulher do rei Clódio, ao se aproximar da beira do mar, fora assaltada por um animal de Netuno, uma espécie de Minotauro, que a fecundara! Acham que foi assim que ela deu à luz Meroveu, que se tornou rei dos francos e é o pai de Childerico!

"Perguntei a Severo: — Podíamos ter um mínimo de confiança nos pagãos?

"Severo estava sentado a meu lado no talude que domina as margens do Sena, adiante de Lutécia, e em cuja extremidade foi construído o vilarejo de Nanterre. Ele morava ali com sua mulher Gerôncia e a filha Genoveva, que eu ainda não conhecia.

"Ele me respondeu: — É melhor um povo pagão do que um povo herege.

"Contudo, conforme ele me explicou, a maioria dos bárbaros era herege. De fato, godos, visigodos, burgúndios tinham preferido acreditar no Deus de Roma, imaginando com certeza que assim desarmariam mais facilmente os que se mantinham fiéis ao Império. Mas eles se recusavam a crer no mistério da Santíssima Trindade, nesse Deus que era ao mesmo tempo homem e espírito. Diziam-se cristãos, mas só fizeram trocar de ídolo.

"E Severo acrescentou:

"— Eles não são discípulos de Cristo. Apenas acreditam no poder de Deus. Mas um homem divino que aceita ser crucificado como um vencido, isto eles não podem admitir! Seguiram os ensinamentos de Ário, um padre de Alexandria, que todos os bispos condenaram. São hereges. Nosso inimigo mais perigoso é o que está mais próximo de nós. Assim como os adeptos do arianismo que alegam acreditar em nosso Deus. Os francos, pelo contrário, estão muito distantes de nós, e um dia os converteremos à verdadeira fé.

"Assim me falou Severo, enquanto víamos correr o Sena no cair da fria escuridão de uma noite de inverno..."

TRÊS

— Devo punir-me — murmura Parthenius.

Mal escuto sua voz. Ele está deitado na cavidade que lhe serve de catre, com o rosto voltado para a pedra. O corpo encolhido tirita. Faz tanto frio que tenho a impressão de que minhas pernas estão paralisadas, meus joelhos definitivamente anquilosados. Mantenho-me afastado da parede da gruta por onde a água escorre.

Já me propus a acender o fogo do braseiro que encontrei caído no chão debaixo da mesinha. Parthenius ergue o braço e sacode a mão, teimando em recusar. E, como eu insistisse de novo, ele disse que o frio era um castigo que devia infligir-se, que merecia o sofrimento que lhe permitiria chegar a Deus e talvez assim conseguisse perdão para todos os erros que cometera.

Eu protestei:

— Deus não o teria deixado viver tanto tempo se quisesse puni-lo; Ele o teria atirado nas profundezas do inferno em vez de deixá-lo rezando numa gruta do monastério de Marmoutier, este lugar sagrado que são Martinho criou.

Parthenius soergueu-se apoiado num cotovelo. Diz que o próprio Martinho recusava o calor de uma lareira, preferia dormir diretamente sobre a pedra e condenava os monges que se agachavam em cima das brasas com as coxas nuas sob a túnica para aquecer a barriga.

— Devo punir-me — repete Parthenius.

— Mas o que fez você para se infligir uma punição que lhe martiriza a carne? Seu corpo também não é criação de Deus? Tem certeza de não estar blasfemando quando se deixa mortificar de frio dessa maneira? Tem certeza de não estar descambando para o orgulho?

Ele se vira lentamente, senta-se e agarra-se com as duas mãos na beirada do catre como se temesse cair para a frente.

— Puno-me por não ter sabido acreditar na palavra de uma virgem que era santa, ter querido, também eu, apedrejá-la, ter duvidado dela a ponto de acusá-la de trair sua fé, seu povo, sua cidade de Lutécia. Devo expiar minha persistência no erro.

— Você só pode se expiar pela confissão — disse-lhe eu. — Contando-me tudo. Deus assim o quer, visto que estou aqui, a seu lado, para ouvir você.

Parthenius retoma o relato:

— Era Genoveva, a filha de Gerôncia e de Severo, meu companheiro de armas. Ela era loura como as mulheres francas. Em Lutécia, os que não gostavam dela diziam que puxara a raça e o sangue dos bárbaros.

E ainda diziam que ela deixava a cidade e subia o Sena, levada pelos barqueiros, para se oferecer aos reis francos: Clódio, depois Meroveu e depois Childerico. Suspeitavam de que ela quisesse entregar Lutécia a eles. Quando voltava, em pé na proa de barcos carregados de grãos que ela trazia dos domínios que sua família possuía além de Meaux, todos acorriam porque tinham fome, e o pão era mais escasso que o ouro, mas não tinham reconhecimento por ela que enfrentava os perigos.

"De barriga cheia, todos ficávamos espantados por ela ter conseguido trazer o trigo, enganar os bárbaros que cercavam Lutécia. Que terá ela prometido aos francos para que a deixassem passar? Alguns afirmavam que ela partilhava a cama de um rei franco; outros sustentavam que ela era filha ou irmã de um deles. Foi assim que Severo, seu verdadeiro pai, morreu de desgosto ao perceber que Genoveva despertava um ódio que recrudescia cada vez mais.

"E eu, como todos os cegos, também me surpreendia que uma jovem tão frágil pudesse enfrentar tantos perigos, sair de sua cidade, encontrar-se com os francos, negociar com eles. De onde vinha seu poder? Ela era virgem consagrada, é verdade. Ia coberta de véus brancos, os cabelos louros presos e escondidos, rezava com as outras mulheres, dava esmola aos pobres. Mas ninguém lhe agradecia por isso. O medo fechava as bocas e as orelhas.

"Quando eu soube que hordas de hunos haviam atravessado o Reno, e Átila, o chefe, estava baseado em Lutécia e sua guarda avançada já ultrapassara a cidade e sitiava Orléans, entrei em pânico...

"— Eu já havia estado com Átila por ocasião de uma embaixada de alguns dias no campo dos hunos. Ele estava deitado num leito ornamental de cores berrantes, o rosto impassível enquanto, diante dele, seus guerreiros faziam talhos nas faces das criancinhas para esses futuros guerreiros se habituarem à dor desde a mais tenra idade e para se tornarem horrendos, desfigurados por essas cicatrizes profundas, e assim aterrorizarem ainda mais os inimigos. Esse povo cruel, que esfolava os prisioneiros vivos, violentava e desventrava as mulheres, deformava os crânios de seus próprios filhos para que pudessem vestir mais facilmente o capacete, já me aterrorizara.

Eram esses hunos de Átila que atacavam Lutécia.

* * *

"— Como a maioria dos habitantes, eu quis fugir dali e atirei pedras contra Genoveva, que nos afirmara que Deus protegeria a cidade, empurraria os hunos para longe de suas muralhas.

Como acreditar nessa mulher, ainda que fosse virgem e invocasse Deus de joelhos? No meio da multidão, fui um dos que berravam que a atirassem no Sena com uma pedra no pescoço. Não tentei defendê-la quando alguns começaram a rasgar sua túnica branca, quando outros a esbofetearam e a derrubaram. Não fiquei comovido quando vi o sangue escorrer-lhe pela face.

"Eu achava que era preciso castigar essa mulher cujas origens bárbaras explicavam a traição. Antes, ela estivera a serviço dos francos; agora, estava pronta a abrir as portas de Lutécia a Átila e queria que os habitantes permanecessem na cidade para serem roubados, violados, degolados. Gritei como todos os outros: — Lancem Genoveva ao rio! Ao rio! E que a correnteza a carregue para o inferno!

"Eu fora batizado e no entanto não ouvia a voz dessa virgem santa.

"Foi Sedulius, o sucessor do bispo Germano de Auxerre, quem a salvou, colocando-se entre ela e a multidão, gritando que Genoveva era eleita de Deus e que Germano de Auxerre, quando estivera em Lutécia, a reconhecera, ainda criança, como discípula de Cristo.

"A voz de Sedulius soava alto, e a multidão, da qual eu fazia parte, calou-se, domada pelo bispo, e, ainda hesitante, deixou Genoveva partir.

"Foi então que a virgem se virou para nós, o rosto ensangüentado, e tive a impressão de que seus olhos me fitavam. Ela gritou:

"— Átila será derrotado, fugirá para o leste e depois para as planícies da Itália! Que meu corpo queime e vire cinzas, que eu morra se menti a vocês!

"— Alguns dias mais tarde, nossos vigias que estavam a postos nas colinas que sobrelevavam Lutécia acenderam fogueiras. Suas altas e vivas labaredas respondiam às chamas que outros sentinelas acendiam, de cume em cume, desde os campos Cataláunicos, no leste da Gália, entre o Sena e o Marne, anunciando que as hordas de Átila haviam sido vencidas pelas milícias de Aécio e pelos guerreiros francos e visigodos, bárbaros que também se aliaram decididos a expulsar os hunos.

"Quis ajoelhar-me diante de Genoveva, reconhecer minha culpa. Ela tinha razão de estreitar alianças com os francos e acreditar na proteção de Deus.

"Ela conseguira impedir que os habitantes fugissem para fora de Lutécia.

"Eu estava cego e surdo.

"Devo punir-me.

"Eu me castigo."

QUATRO

Parthenius virou-se para mim. Apesar da penumbra da gruta, percebo seu rosto magro. É tão branco quanto a rocha, estriado de profundas rugas. Seu lábio inferior treme. Fecha os olhos.

— Preciso falar ainda de Genoveva — reinicia.

Levanta a mão como se temesse uma interrupção minha.

— Alguém sabe hoje quem foi Genoveva, o que ela realizou? Ela se tornou a padroeira de Lutécia, aquela que o povo venerava e acompanhava, quando atravessava a ponte que vai da grande ilha à margem esquerda do Sena. A todos ela distribuía moedas que levava numa bolsa presa na cintura. Saía freqüentemente da cidade para visitar Meroveu, o rei franco, e, depois que ele morreu em 457, o filho, Childerico. Ela se hospedava no palácio deles em Tournai, e eu, que a acompanhei várias vezes, vi o respeito, a admiração mesmo, que lhe testemunhavam.

"Ela não lhes cedia em nada. Uma vez, exigiu que Childerico soltasse os prisioneiros visigodos que ele trouxera do combate contra esses bárbaros na beira do Loire. Ouvi quando o rei se mostrou surpreso por ela, sendo cristã, interceder por homens que também eram inimigos dela, visto que eram hereges: pois eles não eram seguidores da seita de Ário? Mas Childerico, o pagão, logo sorriu: é claro, não cabia a ele opinar, ele, que só acreditava nos deuses de seu próprio povo. Inclinou-se portanto, Genoveva devia ter seus motivos.

Parthenius sacode a cabeça.

— E tinha, de fato. Era a esperança de que um dia todos os bárbaros da Gália fossem batizados. Ela queria que os reis francos fossem os primeiros convertidos, porque eles levariam seus povos ao batismo.

Parthenius abre os braços.

— Só muito mais tarde compreendi seu desígnio, o desígnio de Deus. Na ocasião, só percebi a que ponto se afirmara a autoridade de Genoveva. Ela decidiu mandar construir uma basílica para receber os restos mortais de são Denis, o mártir cristão. Escolheu um local na margem direita do Sena. Vários bispos da Gália se uniram a ela para a consagração da igreja. Naquele dia, a maioria dos habitantes de Lutécia se juntou para aclamar Genoveva e, ainda com uma certa inquietação, notei entre eles os francos com suas túnicas brancas ou vermelhas, bordadas a ouro. Carregavam os machados de lâmina dupla. Eram tão numerosos que chegou a me parecer que Lutécia se tornara uma cidade franca. O império de Roma fora dissolvido em 476 por um medíocre chefe guerreiro, o bárbaro Odoacro. Alguns homens, Egídio, Siágrio, que se proclamavam donos das milícias e haviam servido a todos os últimos imperadores, Olíbrio, Rômulo Augusto, esses pobres fantoches tentaram governar em proveito próprio os restos do que fora o mais vasto e o mais soberbo empreendimento da história do mundo. Que podiam fazer diante dos vigorosos e numerosos francos? Assim como Remi, o bispo de Reims, e outros, Genoveva estava decidida a expandir a fé cristã, sair do palácio imperial e converter os francos.

— Havia Bizâncio, a Nova Roma, com suas igrejas, suas riquezas, seus exércitos — observei.

Parthenius empertigou-se.

— Genoveva era conhecida em Bizâncio e mais além; seu nome era venerado até no deserto da Antioquia. Você não sabe quem foi Simeão, o Estilita, não é? Esse homem, um sábio, um pio, foi monge durante dez anos, recluso numa cela mais exígua ainda do que esta gruta. Um dia, ela lhe pareceu grande demais, e ele decidiu instalar-se entre céu e areia, em cima de um pedaço de mármore no topo da coluna de um templo pagão abandonado, onde ele mal cabia sentado. Vinham consultá-lo como a um oráculo, e ele, por sua vez, interrogava os peregrinos que o veneravam. Foi assim que um viajante, vindo da Gália, lhe contou quem era Genoveva. A ação de nossa virgem pareceu-lhe tão exemplar que ele nunca deixou de perguntar aos visitantes pela santa de Lutécia e de enviar-lhe mensagens por intermédio deles.

— Você não me disse nada de Bizâncio, Parthenius...

— Era a cidade da magnificência. Por toda parte, ouro e esmeralda refletiam-se no cristal. Os fios de seda eram entretecidos com fios de prata. Mas a riqueza não ofuscava o imperador. Disseram-me que ele recebeu Childerico, que havia sido expulso do território dos francos que lhe reprovavam os costumes dissolutos. Pois não foi na volta de Bizâncio que Childerico, vivendo entre os turíngios, veio a se casar com a mulher do rei desse povo? Não se espante. Foi essa mulher, Basina, que, por vontade própria, foi procurar Childerico. Ela lhe disse:

"Conheço teu mérito, sei que és enérgico e é por isso que vim morar contigo. Digo-te que, se eu tivesse conhecido alguém mais merecedor do que tu, eu o teria escolhido e, por ele, como faço por ti, teria deixado meu esposo."

Parthenius suspira.

— Assim são as mulheres de raça germânica, franca ou turíngia. Sabe o que disse o bispo Germano de Auxerre quando em Nanterre, na descida de Lutécia, conheceu Genoveva e a destinou a Deus? "Aja como um homem!" Foi o que ela fez. Basina, a rainha pagã da Turíngia, também se comportou como um guerreiro ao conquistar Childerico à maneira de quem toma uma praça-forte. Quando, em 466, ela deu à luz o primeiro filho, chamou-o Clóvis, que significa "célebre por seus combates".

"O nome é o primeiro semblante de um homem."

CINCO

Voltei a encontrar Parthenius no frio intenso sob o céu claro do alvorecer.

Ele tinha escapulido da gruta enquanto eu cochilava. Em pé na plataforma, apoiado com as duas mãos num dos blocos que formavam uma barreira natural sobre o vazio, braços estendidos, cabeça erguida, os olhos fitando um sol sem calor, mas que difundia uma luz branca, ele me pareceu menos encurvado, quase vigoroso, como um pregador no púlpito acima da multidão de crentes.

Eu me aproximei. No pé da falésia, o Loire era uma longa faixa de lantejoulas coruscantes.

— A vida do mundo é assim — começou Parthenius sem sequer olhar para mim. — Ela obedece à vontade de Deus que quis a morte e a ressurreição. Assim se apaga o dia na bruma do crepúsculo, depois vem a noite, esse negro túmulo onde se preparam os renascimentos. Por fim, eis a nova aurora. O império está morto, viva os reinos!

Ele falou com voz segura e depois de alguns instantes de silêncio virou-se para mim:

— Genoveva também veio, como você, ajoelhar-se em Tours diante do túmulo de são Martinho.

Ele estendeu o braço mostrando o rio, o vale.

"— Tínhamos descido o Loire; fomos várias vezes atacados pelos bárbaros, esses visigodos hereges que atiravam nuvens de flechas contra o nosso barco. Mas hesitavam em nos abordar, tal a determinação que demonstrávamos com nossos gládios erguidos e, principalmente, com Genoveva, que, sozinha na proa, encarnava a coragem, a fé em nossa vitória, caso eles deflagrassem o combate.

"À noite puxávamos nossa embarcação para os bancos de areia que ficam no meio do rio. Às vezes perdíamos pé, pois os redemoinhos da correnteza modificavam os contornos dessas ilhas fugidias; então saltávamos para bordo do barco e procurávamos outro refúgio.

"Ao cabo de vários dias, chegamos a Tours e o bispo Perpétuo nos recebeu com todos os fiéis reunidos. Conhecemos a basílica em cujo centro se acha a sepultura de são Martinho. Primeiro Genoveva rezou. Todos se aglomeravam em volta dela. Os endemoninhados gesticulavam, mas, com um sinal-da-cruz, um toque do dedo, ela os exorcizou.

"Depois ela disse com uma voz que ondeava como bandeira ao vento:

"— Aqui repousa Martinho, que lavrou e semeou a Gália e começou a ver germinar a verdadeira e justa fé. Vejam hoje esta basílica alta e orgulhosa, contem os inumeráveis grãos do povo de Deus: tudo isso é a promessa da grande colheita de Martinho de Tours!"

Parthenius deu alguns passos na plataforma, apoiou-se nos cotovelos e ficou um longo momento debruçado sobre o vale.

— Naquele dia — murmurou —, eu soube que viria aqui, a Marmoutier, para encontrar as pegadas de Martinho, rezar onde ele rezara.

Ele sacudiu a cabeça.

— Precisei de toda uma vida para ver meu desejo enfim realizado.

— Você trabalhou, você também, durante todos esses anos — observei.

Ele balançou a cabeça, os olhos semicerrados.

— Nunca fui mais que uma pedra do edifício. Um grão da colheita.

Aproximou-se e retomou a narrativa:

— Se você tivesse conhecido Genoveva, saberia o que é um ser a quem Deus concedeu Sua graça e cuja chama sagrada resplandece, ilumina a vida, esclarecendo os que o rodeiam. Eu era um desses.

— Durante toda a minha vida conheci raros seres que, como Genoveva, tinham dentro de si uma luz divina — acrescentou pouco depois. — Havia Remi, o bispo de Reims, e Clotilde, a esposa de Clóvis. Deles eu lhe falarei mais tarde. Mas Genoveva era a grande chama, talvez tão viva quanto a que Martinho de Tours trazia consigo.

"O que teria sido a Gália sem esses seres? Eles a converteram. Eles a tornaram um reino cristão. Resistiram aos hereges, aos visigodos dos reis Eurico e Alarico, aos burgúndios do rei Gondebaldo. Eles escolheram o povo franco para se tornar o sustentáculo da fé, e para que seus guerreiros, de origem pagã, bárbaros tão cruéis, tão selvagens quanto os outros, godos, vândalos ou burgúndios, um dia se tornassem os servos de Cristo.

"Tudo isso vi ao longo de minha vida, mas como poderia imaginá-lo, eu que não tinha a luz, eu, que assistindo ao sepultamento de Childerico, um rei franco, permaneci crítico diante do espetáculo dessa cerimônia pagã?

"— Vi cavarem a sepultura real fora da cidade de Tournai. Vi o corpo do rei vestido com suas roupagens de seda bordada a ouro. Envolveram-no em um manto de púrpura salpicado de abelhas de ouro. Seu rosto, emoldurado pelos longos cabelos cacheados que uma risca dividia ao meio, era a própria estátua de um deus pagão. Trazia um cinturão guarnecido de pregos de ouro em que estava presa uma bolsa cheia de moedas de ouro e prata. Vi as moedas amontoadas numa mesa ao lado do cadáver.

"Vi também quando os familiares o soergueram e puseram-lhe um colar de medalhas em torno do pescoço. Em seguida enfiaram-lhe um pesado bracelete no pulso direito e, no dedo, um anel oval com uma inscrição gravada que os assistentes escandiram: CHILDERICI REGIS.

"— Enfim, baixaram o corpo numa cova circular de uns trinta passos, colocaram suas armas junto do corpo, de um lado, a lança real, do outro, a grande espada e o machado de guerra de duas lâminas.

"Observei tudo isso sem sequer imaginar que o povo que celebrava essa cerimônia pagã um dia pediria o batismo.

"Vi abaterem o cavalo de batalha do rei porque, segundo o costume bárbaro, ele devia descansar, todo arreado, ao lado do dono. Vi quando os guerreiros francos puseram uma máscara de touro no cavalo.

"Pagãos, pagãos! Pensei, lembrando-me dos cultos do Império quando degolavam os touros e se borrifavam com o sangue.

"Pagãos, pagãos! Indignei-me quando vi que abriam mais três covas em torno da cova real e nelas degolaram e enterraram quatro, sete, dez cavalos!

"Pagãos, pagãos que acreditavam que o soberano ia cavalgar seus cavalos de batalha para continuar a combater no além!

"Penduraram até uma bola de cristal, um talismã, no copo da espada de Childerico.

"— Quando relatei a Genoveva o que eu presenciara e sentira nos funerais do rei dos francos, achei-a pensativa. Ajoelhou-se e rezou por muito tempo. Quando se levantou, aparentava serenidade. Disse-me:

"Se queremos o nascimento de um reino cristão, Deus não nos deixa outra saída a não ser a aliança com os francos. Preferes, Parthenius, que a nossa Gália do Norte seja conquistada pelos visigodos de Alarico, os ostrogodos de Teodorico ou pelos burgúndios de Gondebaldo, todos hereges, todos arianos? Nós é que um dia teremos de converter à verdadeira fé a Aquitânia dos visigodos, a Itália dos ostrogodos, as terras do Leste dos burgúndios."

"Perguntei a Genoveva: — Conseguiremos? O que são os francos após a morte de Childerico? Um pequeno povo cujo rei Clóvis tem somente quinze anos! É com esse homem tão jovem, sem experiência, com seus guerreiros pagãos que estás contando para expandir a verdadeira fé, enquanto os povos arianos se mostram tão poderosos em toda parte? Sabes que as tropas de Alarico, o rei dos visigodos, o chamam de 'nosso senhor gloriosíssimo'? E que Gondebaldo, rei dos burgúndios, é denominado de 'generalíssimo da Gália'? Diante deles, que poderá fazer Clóvis, um rei de quinze anos?

"Lembro-me do sorriso de Genoveva, de sua voz murmurando:

"— É o desígnio de Deus, só nos cabe servi-lo."

SEGUNDA PARTE

SEIS

— Clóvis era alto... — recomeçou Parthenius.

Ele estava sentado na plataforma, à esquerda da entrada da gruta, as pernas encolhidas contra o peito, as mãos entrelaçadas envolvendo os joelhos, a nuca encostada na rocha branca que o sol esquentava.

Eu me instalei diante dele, as costas apoiadas no bloco de pedra que servia de balaustrada natural à plataforma.

— Ninguém duvidaria de que aquele jovem, de louros cabelos cacheados caindo nos ombros, repartidos no meio por uma risca, fosse o rei dos francos.

Parthenius, que até então mirava o sol, abaixou a cabeça e me olhou como à espera de que eu o apressasse a continuar.

Desde a aurora, eu não lhe fizera nenhuma pergunta, mas sentia que ele mudara de atitude. A barreira que o inibia cedera enfim, e o fluxo das lembranças vencia suas reticências.

— Bastava vê-lo para esquecer sua juventude. Sua majestade e sua força se impunham. Ele era uma cabeça mais alto que os guerreiros de sua guarda pessoal, os antrustiões, que ficavam atrás dele com os machados de guerra de lâmina dupla nos ombros. Eu lhe disse que eles dão o nome de *francisque* a esse machado?

Parecendo espantado com meu silêncio, ele hesitou, mas continuou:

— Clóvis mantinha-se de pé na beira da cova circular onde depositaram o corpo de Childerico. A câmara mortuária fora cavada no solo rochoso; um arcabouço feito de troncos cortados sustentava o teto e as paredes. Clóvis não estremeceu quando começaram a jogar a terra para dentro da cova e depois ergueram uma espécie de pirâmide da altura de três homens. Apenas levantou um pouco o sobrecenho como se quisesse que seu olhar aflorasse o topo do túmulo. Mas seu corpo meio escondido por um manto de seda vermelha com debruns dourados continuou impassível. A mão direita empunhava a haste do longo dardo, essa lança real que fazia as vezes de cetro. Com a mão esquerda ele se apoiava na extremidade do cabo da *francisque*. Usava anéis em todos os dedos, braceletes nos pulsos e três colares.

"Reunidos em torno do túmulo e das três covas em que depositaram os corpos dos cavalos de batalha sacrificados, os francos não tiravam os olhos de cima dele.

De repente, quando terminaram de amontoar e comprimir a terra, os antrustiões berraram "CLÓVIS!" três vezes, e suas vozes cortantes pareciam golpes de machado.

"Lembrei-me dos gritos que os bárbaros lançavam quando se precipitaram, machados erguidos, sobre as muralhas de Trier e de Orléans, de Reims e Lutécia, que eu, ao lado de Severo, tentara defender. E lá estava eu no meio deles, inclinando-me diante do túmulo de Childerico, celebrando o advento do novo soberano que eles suspendiam nos ombros. E, de pé sobre o escudo deles, Clóvis brandia sua lança...

Parthenius abaixou a cabeça, e essa atitude expressava ao mesmo tempo abatimento e desesperança.

Ele murmurou que o velho Império, o de Constantino e o de Teodósio, esse grande Império que assumira a religião de Cristo, não passava de um campo de ruínas, do Real os cristãos, os fiéis da verdadeira fé, a católica, eram os únicos herdeiros.

Suspirou:

— Mas Clóvis ainda era um pagão, mesmo que seus ancestrais, Meroveu e Childerico, tivessem servido aos últimos imperadores, mesmo que Genoveva e Remi de Reims os tivessem escolhido como os mais úteis aliados de nossa Igreja.

E acrescentou erguendo a cabeça:

— Genoveva me convencera disso. Mas, às vezes, palavras e idéias estão longe da realidade. Eu precisava aceitar o convívio com esses guerreiros louros que degolavam cavalos para honrar seu rei. Precisava conhecer as mulheres francas de longos cabelos soltos, olhares insistentes, gestos bruscos, voz rouca e risadas estrepitosas. Precisava ouvir as três irmãs de Clóvis: Lantechilda, que diziam herética, ariana, além de Albofleda e Audofleda, ambas católicas, mas Audofleda era casada com Teodorico, o Grande, rei dos ostrogodos, também ariano, além de aliado do imperador do Oriente que não desistira de reconquistar o Ocidente.

"Naquele dia, como eu poderia crer que, mais tarde, Clóvis e seu povo seriam os maiores defensores de nossa fé?

"Como imaginar que Clóvis viria a ser o único senhor dessa segunda Bélgica cuja bela capital era Tournai, e onde seu povo vivia, quando esse território era reivindicado por Siágrio, filho de um chefe das milícias, um homem que se fazia chamar de rei dos romanos e reinava, de Soissons onde morava, como representante de um imperador que não mais existia? Mas era reconhecido como rei por seus soldados, uns bárbaros, e apoiado, no sul da Gália, pelos visigodos de Aquitânia..."

Parthenius tentou se levantar e eu acorri para ajudá-lo.

O sol estava encoberto. A umidade subia do fundo do vale e os primeiros bancos de bruma deslizavam sobre o Loire.

De pé, Parthenius se aproximou do parapeito de pedra na extremidade da plataforma. Olhava o rio que desaparecia aos poucos sob a massa de nuvens cinzentas.

— Já que eram Alarico, o senhor gloriosíssimo, Gondebaldo, o generalíssimo dos gauleses, Teodorico, o Grande, rei dos ostrogodos, e Siágrio, rei dos romanos, todos se consideravam tão poderosos quanto invencíveis. Todos...

Parthenius virou-se para mim, o indicador apontado para meu peito.

— Todos haviam esquecido que sua fé herética, seu arianismo, os condenava. Porque, como Genoveva repetia, havia um desígnio de Deus, e nós, seus fiéis, agíamos para que ele se realizasse.

Parthenius dirigiu-se para a entrada da gruta, acrescentando:

— A força de Clóvis era a força de Deus, da nossa Igreja, da sustentação que os cristãos e seus pastores lhe ofereceriam contra os povos hereges.

Eu alcancei o ancião que parou na entrada como à espera de que eu retirasse o pano que protegia a gruta da chuva.

— Agora — murmurou — vou lhe falar de Remi, o bispo de Reims.

SETE

De braços cruzados, mãos escondidas nas mangas da túnica de lã marrom, Parthenius andava de uma parede a outra da gruta, às vezes esbarrando na mesinha.

Parecia presa de uma intensa emoção que o impedia de ficar parado.

Dava até a impressão de ter esquecido minha presença, pois murmurava mais do que falava, e eu tinha dificuldade em acompanhar suas palavras. De vez em quando, porém, ele levantava a voz, não por mim, pois nem sequer me olhava, mas como se quisesse escandir solenemente alguns nomes, algumas frases, que tivesse necessidade de ouvir de novo.

Assim, ele evocou primeiro Roma, a grandiosidade daquela capital escolhida por Deus para se tornar a cidade do apóstolo Pedro; Roma cujo solo fora irrigado pelo sangue dos mártires, mas esse sangue fecundara o Império, obrigando Constantino e Teodósio a se ajoelharem diante da fé dos homens e das mulheres que seus predecessores pagãos entregaram às feras nos anfiteatros.

Roma, naquele tempo, era a única cidade do mundo onde somente os escravos e os bárbaros eram considerados estrangeiros. Os cristãos quiseram que até esses rejeitados fossem reconhecidos como filhos de Deus e, pelo batismo, elevados à categoria dos homens. Esta era a missão dos católicos e de seus bispos: promover o renascimento de Roma que afundara sob dominações pagãs, fazer surgir das ruínas um império cristão tão grandioso quanto uma basílica em escala mundial. Martinho e Genoveva lançaram as fundações dessa construção. Remi uniu-se a eles para erguer essa igreja e acolher em seu seio o povo franco que acabava de eleger um jovem rei, cujo nome, Clóvis, dizia que ele seria "célebre por seus combates".

Parthenius sentou-se na beira do catre. Espalmou as mãos nos joelhos e eu observei seus dedos nodosos, a pele translúcida que formava duas manchas alvacentas na lã marrom.

— Você está olhando minhas mãos — disse ele, erguendo a mão esquerda até a altura de meus olhos. — Está vendo meus ossos: eu não passo de um esqueleto que ainda está coberto de pele. A carne já se consumiu. A morte devorou tudo em mim.

Ele deixou a cabeça pender novamente.

— Se Deus ainda me conserva vivo, talvez seja para que eu lhe fale de um homem, Remi, bem mais velho que eu, que o Senhor manteve no mundo tempo bastante para ele conhecer ao mesmo tempo os últimos imperadores de Roma e Átila, para saber que Odoacro sacrificou o Império do Ocidente em 476, e zelar, enfim, para que Meroveu, Childerico e seu povo franco se tornassem defensores e propagadores da fé. Ele nasceu muito tempo antes de Clóvis e morreu bem depois dele.

— Você já viveu mais tempo ainda que Remi, Parthenius! — protestei, pondo minhas mãos nas dele.

Seus dedos estavam tão frios que tive de fazer esforço para não retirar logo minhas mãos e não estremecer como se acabasse de tocar um cadáver.

— Não é difícil sobreviver quando não passamos de um seixo que a correnteza arrasta — diz Parthenius afastando minhas mãos. — Mas Genoveva e Remi, eles sim, eram a correnteza...

Ele se interrompe, inclina-se para a frente e, com os cotovelos apoiados nas coxas, entrelaça os dedos.

— Quem ouviu, quem leu os sermões de Remi não consegue esquecê-lo.

Parthenius pôs as mãos ainda unidas sobre os lábios, e eu tive de me aproximar para entender seu murmúrio.

— Ele fora marcado pelo selo de Deus. Quando foi eleito bispo de Reims, tinha apenas vinte e dois anos. Vendo aquele jovem frágil que mal acabava de sair da escola galo-romana de seu vilarejo, quem haveria de considerá-lo minimamente capaz de influenciar a história de sua época?

Parthenius alteou a voz e continuou, de olhos semicerrados:

— Parecia que os reis visigodo e o burgúndio, Alarico e Gondebaldo, eram poderosos e invencíveis, um na Aquitânia, o outro, em todos os territórios à beira do Saone e do Reno, que já começavam a chamar de Burgúndia. O que Remi podia fazer contra eles? O que podia ele contra Siágrio, rei dos romanos em seu palácio de Soissons? Mas Deus o iluminava, e Genoveva o convencia a apoiar os francos sálios que se tinham instalado na Segunda Bélgica e cujos reis, Meroveu, Childerico e Clóvis, sucessivamente, residiam em Tournai.

Parthenius abriu as mãos.

— O nome de Remi logo começa a ser conhecido em toda a Gália.

Ele sacudiu a cabeça.

— Na Bretanha e na Aquitânia, em terras de pagãos ou arianos, no meio dos adoradores de ídolos ou dos fiéis da heresia, você não imagina como bispos corajosos, pastores de um punhado de católicos, liam em voz alta e forte os sermões de Remi. Eu me lembro...

Parthenius fez uma pausa e ficou alguns minutos em silêncio antes de retomar a história em tom solene:

— Eu estava em Clermont. Genoveva determinara que eu fosse procurar o bispo Sidônio Apolinário para convencê-lo a deixar de apoiar Gondebaldo, o rei herege. Sidônio me ouviu e depois me explicou que, com esse apoio, pensava conseguir que os burgúndios viessem para o grande rebanho da verdadeira fé. Mostrou-me um manuscrito volumoso. Tratava-se dos textos dos sermões de Remi que um viajante adquirira em Reims. O bispo de Clermont me disse:

"— Existem muito poucas pessoas capazes de escrever assim. A frase é forte e firme, todos os termos bem encadeados por conjunções elegantes; sempre fluente, polida e bem acabada..."

— Ele mesmo sabia de cor inúmeras passagens desses sermões.

"Desse dia em diante, passei a achar que Remi seria um dos mais habilidosos carpinteiros da obra que Deus queria construir na Gália."

Enquanto falava, Parthenius se levantou.

Já não era o ancião que arrasta os pés, as costas encurvadas, os ossos mal cobertos de pele. Parecia que a recordação de Remi e do que esse bispo de Reims realizara devolvera carne e vigor ao corpo do velho.

— Remi e Genoveva, e eu, graças a eles, tínhamos compreendido que a Igreja, a nossa Igreja recebera a missão de dar continuidade ao Império Romano.

"Eu já lhe disse que os cristãos eram os herdeiros. Mas quem recebe de herança uma terra tem de lavrá-la, semeá-la, cuidar para que a seara cresça e afugentar os animais que vêm devastá-la. Eis a tarefa a que Remi se dedicou, assim como Genoveva e, pouco depois, Clotilde, a esposa de Clóvis. Mas dela falarei mais tarde, quando se tornar rainha dos francos."

Parthenius voltou a se sentar.

— Eu ainda estava em Tournai quando, alguns dias depois do sepultamento de Childerico, chegou a carta que Remi endereçava "Ao Senhor ilustre e magnífico, por seus méritos, rei Clóvis". Dessa maneira o bispo de

Reims o reconhecia como soberano e chefe dos guerreiros francos, mas também a serviço de Roma.

Parthenius balançou a cabeça.

— Desde que Roma já não passava de uma cidade de recordações, decaída e nas mãos dos ostrogodos, estar a serviço de Roma era estar do lado da Igreja, a serviço de Deus. Daí em diante, como a Igreja poderia não apoiar Clóvis? Como Deus poderia desinteressar-se do destino dele? Aí está toda a história de nossa época...

OITO

Parthenius não se enganara.

Quando mais tarde achei a carta de Remi, verifiquei que o ancião guardara intacta a memória dos termos empregados pelo bispo de Reims.

Remi escrevera exatamente "Ao Senhor ilustre e magnífico, por seus méritos, rei Clóvis."

Ao lê-la, conheci o estilo de um homem orgulhoso de sua missão, seguro de si, tomado pela fé.

Remi tinha então quarenta e quatro anos. Já era bispo desde os vinte e dois. Escrevera a um rei pagão de quinze anos, cujo pai e cujo povo haviam sido seus aliados na luta contra os bárbaros.

Sem hesitação, ele traça o caminho que o jovem rei dos francos deve seguir.

Ele se expressa com a autoridade de quem fala em nome da *militia Christi* — a milícia de Cristo — e se dirige a um soberano que representa a *militia togata* e a *militia armata* (a lei e as armas).

Quero que leiam esta carta que Parthenius diz ter chegado às mãos de Clóvis em 481, durante os dias que se seguiram ao sepultamento de Childerico:

Ao senhor ilustre e magnífico, por seus méritos,
rei Clóvis — Remi, bispo.

Um grande rumor chegou até nós.

Dizem que acabas de assumir a administração da Segunda Bélgica.

Não é uma surpresa que comeces a ser o que foram teus pais.

Precisas cuidar antes de tudo para que o julgamento do Senhor não te abandone e teu mérito se mantenha no mais alto grau a que o levou tua humildade. Pois, segundo o provérbio, é pelos atos e suas finalidades que os homens são julgados.

Deves cercar-te de conselheiros que te possam honrar.

Pratica o bem. Sê casto e honesto.

Mostra-te cheio de deferência por teus bispos e recorre sempre à opinião deles.

Se te entenderes bem com eles, teu país se beneficiará com isso.

Dá coragem a teu povo, reergue os aflitos, faz que todo mundo te ame e te respeite.

Que a voz da justiça se faça ouvir por tua boca.

Não esperes nada dos pobres nem dos estrangeiros, e não deixes que eles te ofereçam presentes.

Que teu tribunal seja acessível a todos, que ninguém o deixe com a tristeza de não ter sido ouvido.

Com a riqueza que teu pai te legou, compra a alforria dos cativos e liberta-os do jugo da escravidão.

Que qualquer um que seja recebido em tua presença não se sinta humilhado.

Diverte-te com os jovens, mas delibera com os velhos e, se queres reinar, mostra-te digno de fazê-lo, julga e age como um nobre.

TERCEIRA PARTE

NOVE

— Quem pode saber em que se transformará um homem que é rei aos quinze anos? — murmurou Parthenius.

Tínhamos deixado a gruta no final da manhã e caminhávamos lado a lado na beira do Loire.

Surpreendera-me sua decisão de descer ao vale, mas ele me explicara que havia jurado recolher-se uma vez por mês no ponto em que Martinho um dia desembarcara e escolhera o lugar, Marmoutier, para fundar seu monastério. Esticando o braço, mostrara-me a praia da angra apertada entre dois blocos rochosos.

Era um dia ameno, como se o inverno tivesse feito uma pausa inesperada.

Parthenius parava freqüentemente para olhar as aves que roçavam as asas brancas nas águas escuras do rio. A respiração dele, ruidosa e irregular, acelerava-se quando um pássaro mergulhava nas ondas, ligeiro como uma flecha, e subia com um peixe preso no bico negro. Parthenius então virava a cabeça, seus lábios tremiam, e eu não sabia muito bem se ele rezava ou se cedia à instintiva emoção de um velho.

Ele tomou meu braço, não para se apoiar, mas para me puxar da beira do rio até a vereda que serpeava por entre os arbustos.

Então ele recobrou o fôlego, serenou e repetiu que ninguém pode saber em que se transformará um homem que é aclamado rei aos quinze anos.

— Deus lhe abriu todas as portas. Mas qual delas ele irá transpor?

Ergueu a cabeça, olhou-me fixamente e acrescentou:

— Deus é soberano, mas deixa o homem livre para escolher. O dia do julgamento só virá depois.

Quando chegamos à enseada onde os fiéis que acompanharam Martinho haviam empurrado o barco até o banco de areia, Parthenius se ajoelhou, convidando-me a rezar com ele. Depois nos sentamos numa rocha sobranceira ao rio.

Após um longo silêncio, o ancião recomeçou a falar.

Disse que se lembrava inteiramente da última frase da carta que Remi enviara a Clóvis nos dias que se seguiram à morte de Childerico: "Diverte-te com os jovens — escrevera o bispo de Reims —, mas delibera com os velhos e, se queres reinar, mostra-te digno de fazê-lo, julga e age como um nobre."

— Foi assim que ele se conduziu? — perguntei. — Foi essa a porta que transpôs, foi esse o caminho que seguiu?

Parthenius não pareceu ter ouvido minha pergunta e, ao olhá-lo, tive a impressão de que ele já não sabia onde estava, em que época vivia.

Seu rosto estava imóvel, as pálpebras semicerradas, seus lábios se moviam com dificuldade, de modo que tive de me inclinar para ouvir o relato que o levava para longe daquela margem do Loire.

* * *

— Eu ia freqüentemente a Tournai em obediência às ordens de Genoveva. Ela me explicara que a sorte dos povos da Gália do Norte dependeria das escolhas de Clóvis: seriam abandonados ao paganismo e continuariam, apesar de todos os esforços dos bispos, a adorar os ídolos, a degolar os touros, às vezes até a sacrificar recém-nascidos, a crucificar seus prisioneiros; ou então, o que não seria menos perigoso, mergulhariam na heresia, na religião dos visigodos?

"Genoveva estava inquieta: Siágrio, o rei dos romanos, aliara-se a Alarico, rei visigodo. Ele reunia as tropas entre o Somme e o Loire, entre a Mancha e o alto Mosa, nesse reino que ele se atribuía. Os bispos contavam que ele passava os dias patrocinando farras em seu castelo de alabastro e altos muros, erguido no bairro norte de Soissons, a capital. Tinha os cofres abarrotados de peças de ouro e prata. Soissons era uma cidade rica, as batidas dos malhos que forjavam as lâminas dos gládios e os metais das couraças ressoavam pelas ruas. Em outras oficinas mais adiante, curtiam-se os couros dos escudos, e os carpinteiros fabricavam catapultas prontas para lançarem bolas de pedras.

"Os cristãos de Soissons estavam persuadidos de que Siágrio se preparava para a guerra, por não tolerar outro soberano reinando na Gália do Norte, na Segunda Bélgica de que Clóvis se proclamava rei."

Parthenius calou-se por um longo momento, o rosto virado para a falésia ofuscante como um espelho em que o sol se reflete e atraente como um abismo em que temos ímpeto de nos atirar.

— Eu ia, pois, a Tournai... — continuou em tom monocórdio. — Era admitido na antecâmara do rei. Ouvia risos. Via passar jovens escravas de cabelos soltos, os vestidos abertos no busto, os rostos ruborizados, os olhos brilhantes.

"De volta a Lutécia, eu dizia a Genoveva que Clóvis realmente se divertia como um jovem rei pagão. Afirmavam que ele tinha uma esposa cujo nome ninguém sabia nem lhe vislumbrava o rosto, mas ela lhe dera um filho, Thierry. Clóvis fazia questão de ver a criança todos os dias, e uma pessoa da intimidade dele confiou-me que, quando o menino teve um acesso de febre, o pai não saiu de sua cabeceira, negligenciando as mulheres e a caça.

"— Esse rei é de boa semente, disse Genoveva.

"Ela me interrogava demoradamente sobre o povo franco, sobre a guarda pessoal do rei; três mil antrustiões formavam uma falange que semeava o terror quando aparecia com os escudos unidos uns aos outros, os machados erguidos prontos a serem lançados.

"— Eu lhe disse: eles são tal qual uma *francisque* cuja lâmina ninguém conseguiria cegar.

"— Seguirão seu rei aonde ele for.

"Genoveva pareceu tranqüilizar-se. Sendo assim, esse exército franco poderia enfrentar as tropas de Siágrio, que não passavam de um aglomerado de homens que nada, a não ser o interesse, os ligava a seu chefe. As tropas do romano iam-se desfazer como um feixe de trigo sacudido, se atacadas com força e fé pelos guerreiros de Clóvis. Que Clóvis agisse assim era o voto e a escolha de Genoveva e de Remi, como de todos os demais bispos da Gália do Norte. Ele era o machado da Igreja.

"Ele devia atacar Siágrio que preferiu aliar-se aos hereges visigodos.

"Ele era aquele que poderia preservar o que restara da herança de Roma: uma ordem, a lei.

Contudo, nem Remi nem Genoveva ignoravam que Clóvis ainda era um jovem rei que vivia e pensava como um bárbaro, ainda que respeitasse a lembrança e os vestígios de Roma, e que a chama do amor paternal ardesse em seu peito.

Com ar de que se deu conta de minha presença, até, segundo me pareceu, procurando minha aprovação, Parthenius de repente se virou para mim, observou-me por alguns instantes e continuou:

— Toda vez que eu partia para Tournai, Genoveva me repetia como se quisesse me persuadir ou temendo que eu esquecesse: o povo dos francos sálios era a esperança da Igreja.

"Ela sabia, ainda me lembro da firmeza com que dizia isso, que Deus escolhera esse povo e o jovem rei para realizar Seu desígnio na Gália.

"Ela também dizia que eu precisava explicar a Clóvis que os bispos eram os únicos dignitários respeitados e obedecidos em todas as cidades da Gália e até pelos povos que ainda permaneciam pagãos. Mesmo os hereges arianos respeitavam sua autoridade. E Alarico e Gondebaldo, o visigodo e o burgúndio, não ousavam contrariá-los nem atacá-los, por medo de transformá-los em novos mártires cujo exemplo inflamaria os povos."

Parthenius alteou a voz, subitamente clara e forte, ainda que tremesse em alguns momentos quando a emoção de evocar essas lembranças se tornava demasiado intensa.

— Por ocasião de minha última estada em Tournai, no início do ano 486, pedi para ser ouvido pelo rei e seus conselheiros. Fui introduzido numa grande sala com o chão coberto de peles de animais. Clóvis, que era então um homem de vinte anos, pareceu-me ainda mais alto sentado no trono de madeira esculpida, a *francisque* apoiada num dos braços da grande cadeira. Com a mão direita, ele empunhava seu longo dardo. Tinha a fisionomia impassível dos que se sabem olhados o tempo todo. Dir-se-ia uma estátua com o tronco dentro de um gibão forrado revestido de uma couraça de ouro. As pedras que adornavam seu cinturão negro faiscavam. As chamas das tochas presas nas paredes refletiam nas lâminas dos machados que os guerreiros da guarda, em pé de um lado e de outro do trono, seguravam com as duas mãos.

Parthenius abaixou a cabeça.

— Não fales de Deus a Clóvis — recomeçou após um longo silêncio — Genoveva me recomendara:

"— Não trates com ele senão do que ele pode compreender. Ainda é um rei pagão. Ele respeita a força. Os conselheiros são iguais a ele, adoradores de ídolos que só conhecem a lâmina do machado; bárbaros que celebram sacrifícios. Não te esqueças disso, Parthenius. Fala-lhe do poder de nossa Igreja. Diz-lhe somente que o rei e o povo que estiverem do lado dos bispos serão vitoriosos e serão os senhores de amanhã. Não lhe fales de Deus por enquanto.

"Eu segui os conselhos de Genoveva. Só lhe falei do apoio que os bispos lhe dariam se ele decidisse abrir guerra contra Siágrio. Pelo olhar dele, subitamente aceso de interesse, pelo movimento de inclinar a lança esticando o braço direito, percebi que ele me ouvira."

Parthenius calou-se outra vez e voltou-se vagarosamente para mim.

— Não me atribuo nenhum poder, nem me arrogo qualquer papel — recomeçou ele. — Eu era apenas o mensageiro de Genoveva e, claro, de Remi, que se correspondia com ela e partilhava das mesmas idéias.

Ele afastou as mãos como para invocar uma força que lhe era superior e à qual se submetia.

— Clóvis e seus conselheiros sabiam que os bispos tinham muita influência na Gália. Eu levava ao jovem rei uma promessa de aliança da parte de todos os pastores e, portanto, do rebanho de fiéis. Alguns dias mais tarde, Clóvis lançou um desafio a Siágrio, propondo encontrá-lo num combate singular que decidiria da sorte da guerra. Siágrio esquivou-se e preferiu reunir suas tropas, aquela horda de soldados sem fé...

Parthenius se levantou e começou a andar em direção à falésia. O sol principiava a encobrir-se, os pássaros brancos de bico negro soltavam pios tão agudos que pareciam gritos humanos.

— Não assisti à batalha — recomeçou Parthenius enquanto caminhava. — Clóvis recorrera a dois outros reis francos: Ragnachar, que reinava em Cambrai, e Chararico, que governava mais ao norte. Sei que este último se manteve afastado do combate, aguardando o desfecho para manifestar apoio ao vencedor. Mais tarde, quando Clóvis se referia a esse episódio, sua mandíbula se contraía, a fisionomia ganhava um ar cruel, os olhos viravam duas frestas, rugas profundas sulcavam suas faces como cicatrizes.

Naquele momento, compreendi que ele era um rei impiedoso e vingativo, que seria sempre filho de um povo bárbaro impermeável à compaixão.

No pé da escada que levava à gruta, Parthenius parou como se temesse a subida. Os degraus grosseiramente talhados na rocha calcária estavam rachados, eram irregulares e nenhuma balaustrada os separava do vazio.

— Clóvis demonstrou sua crueldade desde essa primeira guerra — continuou o velho. — Vencido numa única batalha, Siágrio refugiara-se junto ao rei Alarico, em Toulouse, capital dos visigodos. O rei franco despachou guerreiros para as margens do Loire, justamente onde começava o reino de Alarico que, nos anos precedentes, se estendera do Loire a Auvergne, embora a basílica de Tours, dedicada a Martinho, estivesse nas mãos dos hereges. Mas Alarico também conhecia a força dos bispos. Portanto não fez nada contra esse santuário. De resto, ele acabava de compreender que os francos sálios de Clóvis tornavam-se daí em diante uma potência vitoriosa cujas ambições não ficariam nisso. De modo que ele entregou Siágrio a Clóvis.

Parthenius começou a subir os primeiros degraus. Eu o segui. Ele se virou.

— Assim são os homens — murmurou. — Muito freqüentemente covardes, quase sempre cruéis.

Ele suspirou e parou, encostando o ombro na parede da falésia.

— Eu estive em Soissons, no castelo de alabastro onde Clóvis estava instalado agora e até dormia no mesmo leito que fora o de Siágrio, então acorrentado num fosso. Os guerreiros francos atiravam-lhe carne na qual pulavam vermes e coberta de excrementos. Para eles, o rei dos romanos, vencido, valia menos que um animal. Que poderia eu fazer em favor dele? Talvez, ao tratá-lo assim, aqueles bárbaros se lembrassem do destino que outrora, fazia mais de trinta lustros, os próprios romanos reservavam aos cativos? Os cônsules entregaram às feras centenas de prisioneiros francos no anfiteatro de Trier; Clóvis os vingava humilhando e matando lentamente o descendente de Aécio e de Egídio, os chefes das milícias do imperador romano.

Parthenius retomou a subida.

— Não sei exatamente quando cortaram a cabeça de Siágrio — acrescentou. — Já ninguém se preocupava com ele. Estavam todos aterrorizados, pois os francos, cujas vitórias eram reconhecidas e saudadas pelos bispos, agiam como bárbaros, degolando, violentando, reduzindo à escravidão os súditos do rei vencido. Vi moças passarem com ferros nas pernas, presas umas às outras por correntes que lhes rodeavam o pescoço. Eu me persignei. Implorei o perdão de Deus. Rezei para que fossem atendidos os pedidos de clemência que Genoveva e Remi dirigiam a Clóvis, que o rei franco libertasse os milhares de cativos, que preservasse os bens dos habitantes dos campos e das cidades conquistadas.

Na minha frente, Parthenius curvou-se, quase cambaleando, sem parar de subir os altos degraus.

— Mas a pilhagem e a barbárie estavam em toda parte, e, a despeito dos protestos dos bispos, igrejas foram saqueadas, crucifixos quebrados e fundidos, vasos sagrados carregados... Interroguei Genoveva: "É esta a vontade de Deus?"

"Ela abaixou a cabeça e respondeu:

"— Nenhum de nós pode penetrar os mistérios divinos, os homens escolhem. São cegos e cruéis. Sabes disso, Parthenius. Mas o desígnio de Deus sempre se cumpre. Uma basílica se ergue mesmo que os pedreiros sejam preguiçosos e desajeitados, mesmo que o sangue de seus crimes se misture à água na argamassa.

"Rezei com ela para que o coração de Clóvis se enchesse de piedade. Mas o morticínio e a pilhagem só cessaram quando os francos ficaram cansados de matar e não havia mais nada para roubar."

No instante em que atingimos uma grande altura da falésia e já avistávamos a entrada da gruta, Parthenius perdeu o equilíbrio e eu o segurei pela túnica, temendo que ele caísse no abismo que parecia atraí-lo.

DEZ

Parthenius ficou muito tempo encolhido em seu catre. Estava deitado desde que chegamos à gruta, o rosto escondido sob a rala coberta em que se enrodilhara.

Sua imobilidade era tal, que diversas vezes eu me aproximei dele para ouvir sua respiração. Estava tão fraca e irregular que eu pensei que ele ia morrer de esgotamento, debilitado pelo cansaço da caminhada até a praia da angra e a subida da escada interminável no flanco da falésia.

Quando um monge pôs na mesinha uma grande tigela cheia de uma sopa espessa e escura, além de dois pedaços de pão de crosta rugosa e miolo pegajoso, pedi que Parthenius se levantasse.

Ele não me respondeu.

Chamei-o numa aflição crescente e, como ele continuava sem se mexer, ousei tocá-lo no ombro, suplicando-lhe que respondesse.

Subitamente, com um brusco movimento do braço esquerdo, ele empurrou a coberta e se levantou.

Eu nunca o tinha visto assim, os maxilares cerrados, rugas de amargura ou de cólera em torno da boca.

Ele me afastou, inclinou-se para mim, segurou a tigela com as duas mãos, levou-a à boca e só a devolveu depois de esvaziá-la.

Então, olhou-me com hostilidade.

Depois me disse com voz surda que não foi a fadiga que o abateu, mas as recordações daqueles anos, que acreditava enterradas.

Com o dedo apontado para mim, acusava-me sacudindo a mão.

Ele acreditara que esse passado estava encoberto pelo silêncio, pela solidão, pela meditação, pelas preces. Tantas vezes rogara perdão a Deus que imaginara não ter de reviver o que vivera antes do Juízo Final.

Mas eu chegara para forçá-lo a desenterrar tudo aquilo.

E agora ele percorria outra vez todo o caminho da barbárie, de Reims a Soissons, ao longo do qual o exército franco só deixara devastação.

Corpos retalhados, mutilados jaziam nos fossos. Os animais estavam destripados, seus despojos lacerados pelos abutres negros. Arrombadas, quebradas, as portas das casas deixavam ver os aposentos saqueados. Alguns velhos vagavam, indo de um corpo a outro, chorando um filho morto, martirizado, uma filha enxovalhada.

Todos os prisioneiros eram tocados como um rebanho pela estrada que leva a Soissons. Seguiam as carroças carregadas de pilhagem. Os francos se apressavam em amontoar tudo que roubaram numa pilha enorme no terreno em frente ao castelo de alabastro, pois iriam sortear o que caberia a cada soldado.

A exemplo de todos os seus guerreiros, o rei se sujeitava à lei do acaso que presidia à partilha. Nesse ritual bárbaro, o único privilégio de Clóvis consistia em receber o quinto do saque.

— Cheguei a Soissons na manhã do sorteio. Vi aquela pirâmide de objetos pilhados, os cofres de esmolas das igrejas em madeira esculpida, e os paramentos sacerdotais misturados com as armas dos vencidos e as jóias das mulheres. Em torno desse amontoado, os guerreiros francos rondavam como lobos, os olhos brilhando, dando pulos para mostrar o objeto que ambicionavam. Invocavam seus deuses bárbaros pedindo que seus desejos fossem satisfeitos.

"Vi, quase imediatamente, o vaso de ouro e prata que fora roubado de uma igreja de Reims. Separado da pilha, grande, cinzelado, faiscante, ele atraía todos os olhares. Essa peça rara de metal precioso era usada para recolher as oferendas dos fiéis. Quando Remi me recebeu em seu palácio episcopal, ele me descreveu esse vaso como o mais sagrado de suas igrejas. Disse que Clóvis precisava devolvê-lo."

Parthenius se levantou e foi até a entrada da gruta.

A noite se fora, a aurora se apagara, a tarde já desaparecia nas brumas do crepúsculo.

— Você compreende? — disse, virando-se para mim.

Devo ter aparentado incerteza, pois ele alçou os ombros, e seu rosto adquiriu um ar de comiseração, quase desprezo.

Para o bispo de Reims — explicou ele — tratava-se de coagir Clóvis, rei vitorioso, ainda entusiasmado pela fama da batalha, a reconhecer que ele devia respeitar a Igreja e admitir que a cruz podia se revelar mais forte do que o machado.

— Remi — continuou Parthenius — recomendou que eu falasse com Clóvis respeitosamente, mas com firmeza. Que exigisse humildemente, mas exigisse. Foram esses os termos que usou. E o bispo disse ainda que o comportamento de Clóvis iria demonstrar o que ele era: apenas um chefe bárbaro, um guerreiro franco entre outros guerreiros, ou um rei digno do avô Meroveu e do pai Childerico, mas destinado a um futuro maior que o deles, pois a Gália tinha necessidade de um soberano, e a Igreja estava pronta a apoiar aquele que soubesse mostrar-se digno dessa função. Remi insistiu:

"— Observa Clóvis, espreita as contrações de seu rosto, relata-me cada gesto, cada palavra dele. Lembra-lhe a carta que escrevi a ele no dia em que se tornou rei pela morte do pai. Ele tem uma tarefa difícil, os antrustiões se fartaram de sangue durante essa batalha, estão embriagados de violência, querem continuar bárbaros. Clóvis é como um cavaleiro que tem de domar a montaria que o carrega. Tu me contarás, Parthenius..."

Parthenius começou a partir um pedaço de pão, e pôs-se a amassar o miolo escuro entre os dedos.

— Naquele dia — continuou ele — eu vi a raiva, o furor mesmo, inflamar os olhos de Clóvis. Ele parou na frente do vaso, em seguida deu uma volta ao redor, olhando-me a todo momento como se hesitasse, avaliando, por meu intermédio, a força dos bispos, as concessões que lhes teria de fazer.

"Depois, virou-se para os guerreiros que tinham se aproximado e não tiravam os olhos do saque amontoado.

"De repente, ele tocou a beira do vaso com a haste da lança e decretou com voz cortante que queria que aquele vaso lhe fosse concedido antes do sorteio. Ele desafiou seus próprios guerreiros encarando os que estavam na primeira fila. E repetiu pondo a mão no vaso:

"Eu o quero!

E um grito partiu da multidão dos soldados:

"Ele é teu, toma-o!"

"Clóvis virou-se para mim. Pela primeira vez senti que ele sorria. Estendeu o braço em minha direção, mas, nesse exato momento, uma voz gritou:

"Tu só terás o que te for atribuído pelo sorteio, nada mais! É a nossa lei, todos nós sabemos: aplica-a!

"Então eu vi a raiva faiscar no olhar de Clóvis e avermelhar seu rosto. Ele procurou com os olhos o soldado que o interpelara assim.

Era um homem enorme, com as duas mãos apoiadas nas lâminas de sua *francisque*. O queixo erguido, os lábios cerrados, toda sua fisionomia exprimia determinação e desdém.

O homem foi para perto do butim e, bruscamente, levantou o machado e abaixou-o com força sobre o vaso sagrado.

"Isto aqui é de todos nós e só será de um no instante em que nossos deuses assim decidirem", disse e voltou para sua fileira.

Clóvis o seguiu, parou diante dele, a mão esquerda segurando o cabo do machado. Olhou para mim, depois passou os olhos pela primeira linha de suas tropas. Eu sentia sua hesitação diante do dilema que acabava de lhe ser imposto. Deu um súbito passo atrás, e eu temi que estivesse tomando impulso para lançar o machado. Mas ele gritou:

"— Que seja feito segundo nossas regras! Que o sorteio comece e cada um receba o que nossos deuses e o acaso lhe destinarem!

"Ele passou diante de mim enquanto todo o exército o aclamava, cada soldado brandia o machado e a lança, de tal maneira que era uma floresta de metal que se erguia no ar de repente.

"Não demonstrou me ver. Foi se sentar no trono de madeira esculpida colocado diante da entrada do castelo de alabastro.

"Eu o observei. Como de hábito, ele estava impassível; contudo, perscrutando sua fisionomia, notando as pequenas rugas nas comissuras dos lábios, adivinhei sua amargura, o esforço que fizera para não castigar ali mesmo o soldado impudente, o controle que lhe fora preciso para suportar a afronta e se dobrar, ele, rei vitorioso, às regras do ritual e ao jogo da sorte.

"Naquele dia, descobri que reinar é também obedecer.

Ele não parecia surpreso nem satisfeito quando os soldados que organizaram o sorteio depositaram diante dele o vaso que acabava de ser-lhe atribuído.

"Examinou-o, inclinando um pouco a cabeça, como se quisesse avaliar o estrago causado pela machadada do soldado. Depois me chamou com um aceno e eu me adiantei.

"— Envia-o a teu bispo — disse-me. — Diz a Remi que eu me lembro da carta e tenho grande respeito pela sabedoria e pelo Deus dele. Mas — ele marcou bem a pausa — aqui, como pudeste ver, ainda são as nossas leis e os nossos deuses que governam..."

* * *

— Quando devolvi o vaso a Remi, descrevi a cena e lhe relatei essa fala, ele me fez repetir cada detalhe, cada palavra. E vi que sua fisionomia, a princípio fechada, desanuviava-se pouco a pouco.

"Estávamos num dos salões do palácio episcopal. O vaso recuperado fora colocado no centro. A luz dos círios refletia-se nele e irisava as cinzeladuras que subiam da base até a boca do vaso, como as nervuras de uma planta. Remi se aproximou, acariciou os lados do objeto sagrado, murmurando que o destino dele, devolvido a um bispo por um rei bárbaro que desse modo reconhecia o poder da Igreja e o respeito devido a Deus, mostrava que os cristãos tiveram razão em apoiar Clóvis. E acrescentou:

"— Claro, 'ainda são as nossas leis e os nossos deuses que governam', mas avalia, Parthenius, a inteligência e o alcance desta palavra *ainda*. Clóvis fala da realidade de hoje e, ao mesmo tempo, assinala os limites dessa realidade.

"Em passos rápidos, Remi atravessou a sala e foi se ajoelhar ao pé do crucifixo.

"Quando se levantou, estava sorridente e sereno.

"— Esse rei pressente que um dia estará dentro da Igreja, e ele sabe que estamos prontos a acolhê-lo — disse."

Só mais tarde, no meio da noite, na penumbra úmida da gruta, é que Parthenius, de quem eu só via a parte de baixo do rosto iluminada pela vela posta na mesinha, me contou de que maneira Clóvis, que ele chamava o "rei rancoroso", se vingara do soldado insolente.

Parthenius então estava hospedado em Soissons, no castelo de alabastro, onde conversava com Clóvis sobre a entrada das tropas francas em Lutécia, visto que Genoveva resolvera que a autoridade do soberano bárbaro precisava ser reconhecida em todo o território da Gália do Norte. Como Remi, ela se tranqüilizara com a habilidade de Clóvis. Com a ajuda da sorte, é verdade, ele não respeitara as leis bárbaras de seu povo enquanto fortalecia sua aliança com a Igreja?

Num alvorecer, provavelmente 1º de março de 487, Parthenius foi despertado pelos relinchos dos cavalos, o chocalhar das armas, o clamor das vozes dos soldados. Indo até o terreno em frente ao castelo de alabastro, ele encontrou todo o exército franco alinhado, aguardando que Clóvis o passasse em revista.

Na primeira fila, reconheceu o soldado rebelde, pois, em torno dele, seus camaradas haviam deixado um grande espaço vazio como se quisessem mostrar que o abandonavam à própria sorte.

Com o olhar, Parthenius seguia Clóvis, que saiu do castelo rodeado pelos antrustiões e começava a examinar as armas dos soldados, avaliando cada um e forçando-os a abaixar os olhos.

Ele chegou afinal diante daquele que o desafiara alguns meses antes, naquele mesmo lugar.

De repente, Clóvis gritou:

"— Ninguém está tão mal equipado como tu! Teu dardo, tua espada, teu machado não valem nada!"

Arrancou o machado das mãos do soldado, jogou-o no chão e, quando o homem se curvou para apanhá-lo, Parthenius viu Clóvis levantar a própria *francisque* e partir a cabeça do infeliz com um só golpe.

Recuando um passo enquanto o soldado jazia por terra, o sangue jorrando do crânio partido em dois, Clóvis lançou:

"— Foi o que fizeste com o vaso!"

Então ele pediu que os soldados saíssem do local deixando o cadáver ali no chão, sem sepultura, para que o espírito do morto jamais encontrasse repouso.

Os guerreiros se afastaram em silêncio. Lia-se o horror em seus olhos. De cabeça baixa, demonstravam submissão ao rei e o terror que ele lhes inspirava.

— Eu vejo esse homem com a cabeça partida como se ele ainda estivesse caído diante de mim — murmurou Parthenius. — E ainda ouço o grito dos abutres que o bicavam, disputando seus olhos, sua carne.

O ancião se ajoelhou.

— Deixe-me rezar — implorou.

ONZE

— Aos vinte e cinco anos, Clóvis já se tornara um grande rei — começou Parthenius naquela manhã.

Espantou-me o tom cansado com que pronunciara essas primeiras palavras.

O velho estava sentado, os antebraços apoiados nas coxas, as mãos ossudas e lívidas caídas entre as pernas afastadas, como que esmagado pela declaração que acabava de fazer.

Eu não compreendia absolutamente sua atitude: o sucesso de Clóvis não fora desejado por Genoveva e Remi, pela maioria dos bispos da Gália e por todos os cristãos que esperavam que, com ele, graças às conquistas que fizera, a justa fé, a de Roma, iria difundir-se em vez e no lugar do culto dos ídolos e da heresia ariana? O próprio Parthenius não trabalhara para Clóvis vencer?

Então ele começou a contar como conversara com o rei dos francos em nome de Genoveva.

Lutécia, que já começava a ser chamada de Paris, ainda estava cercada pelos soldados de Clóvis que acabavam de derrotar o exército de Siágrio.

O medo paralisava os parisienses que, das fortificações, observavam com terror os bárbaros louros que se fartavam de comer embaixo dos muros da cidade, assando bois e porcos em grandes fogueiras atiçadas pelos camponeses reduzidos à escravidão.

Qual seria a sorte de Paris quando esses guerreiros entrassem na cidade?

Todos, dos mais ricos aos mais humildes, dos que ainda possuíam reservas de grãos em suas caves aos que se nutriam de migalhas, suplicaram que Genoveva os protegesse, que os alimentasse e os livrasse da morte ou da servidão.

— Ela estava calma, serena em sua túnica branca e seu véu malva — disse-me Parthenius.

Uma noite, ele saiu da cidade com ela, e deitados de lado no barco de um marinheiro que envolvera os remos em gaze para subir o Sena seguiram o rio e seus afluentes até os campos de trigo dos arredores de Troyes e Arcis-sur-Aube.

Várias vezes foram obrigados a fugir dos guerreiros francos que corriam ao longo das margens para tentar alcançar o barco, pois o curso do rio estava bloqueado em diversos locais pelas árvores que eles, os guerreiros, haviam abatido.

Mal tinham tempo de empurrar os troncos e se afastar.

Algumas semanas depois, Genoveva conseguiu voltar a Paris com um carregamento de grãos: foi acolhida por gritos de alegria e saudada como virgem santa e salvadora.

Então ela disse que era preciso entrar em entendimento com o rei dos francos, o filho de Childerico que ela conhecera; assim como o pai, Clóvis era digno de confiança. E ela encarregou Parthenius de conversar com ele.

* * *

— Em nome de Genoveva — acrescentou Parthenius — eu pedi que Clóvis libertasse os prisioneiros: fossem eles soldados do exército de Siágrio ou visigodos detidos por ocasião dos combates desfechados pelos francos nas margens do Loire, ao longo da fronteira entre a Gália do Norte e o reino herege de Alarico.

"Eu observei Clóvis enquanto lhe falava. Com a idade, ele se adelgaçara. O rosto, emoldurado pelos longos cabelos louros e ondulados, prolongava-se numa barba cuidadosamente penteada e exprimia uma segurança, uma majestade que me impressionaram.

"Por todos esses traços e pela atitude, ele era o rei.

"Nunca abaixava os olhos, que eram grandes, e os mantinha um tanto arregalados como se quisesse abranger todo o espaço, dominar o mundo inteiro.

"Ao mesmo tempo, numa ocasião em que eu estava a menos de um passo de distância, nenhum obstáculo se interpunha entre nós, e eu poderia saltar e atacá-lo antes mesmo que homens de sua guarda me agarrassem, tive a sensação de que ele era inacessível, separado dos outros por uma barreira invisível, acima do comum dos homens. A harmonia de suas feições, sua beleza natural acentuavam minha impressão.

"Quando terminei de expor minha solicitação, ele se manteve em silêncio por um bom tempo, depois ergueu o longo dardo, seu cetro, e respondeu que, para testemunhar a admiração que tinha por Genoveva, a corajosa, a fiel ao Deus dela, concordava em libertar uma parte dos prisioneiros que suas tropas detinham.

"Pouco depois, o cerco de Paris foi suspenso, as portas da cidade se abriram. Os francos entraram na cidade sem se entregar a saques nem a qualquer outro ato de violência.

— Um grande rei, Clóvis — repeti, lembrando-me de ter ouvido essa frase, mas Parthenius me olhou fixamente e parecia hesitar em prosseguir.

— Não se pode reinar sem conquistar e, portanto, sem matar! — exclamou ele.

Depois, abanando a cabeça em sinal de desaprovação:

— Um soberano pode ser um homem de Deus, discípulo dos Evangelhos?

E pôs-se a andar pela gruta de braços cruzados.

Ele confiara suas dúvidas a Remi e a Genoveva, e eles lhe responderam que a Igreja devia usar a força e a ambição dos reis, mas também devia tentar impor-lhes seus mandamentos.

Não foi o que fez Remi quando escreveu a Clóvis? E este não demonstrava respeitar os bispos, não libertava agora os prisioneiros? Seria o caso de preferir outros soberanos: Alarico, o visigodo, Gondebaldo, o burgúndio, Teodorico, o ostrogodo, esses hereges arianos que se recusavam a acreditar na natureza ao mesmo tempo divina e humana de Cristo, que adoravam Deus como os bárbaros adoram um ídolo? E essa fé mutilada lhes permitia matar da mesma maneira que os hunos e os vândalos...

De repente, Parthenius afastou os braços como um pregador tomado pela paixão de convencer.

Eu nunca o vira assim exaltado, tremendo de raiva, o rosto vermelho, o cansaço e a velhice anulados por essa impetuosidade que o fazia cerrar os punhos, repetir que vira Clóvis, também ele, agir como um bárbaro cruel.

O rei dos francos mandara atirar no fundo de uma cela os pequenos soberanos de Cambrai e de Tongres, os reis Chararico e Ragnachar, que governavam povoados francos cujos territórios ele ambicionava.

Parthenius levantou os dois braços.

— Um bárbaro, era Clóvis! Ele usou de um ardil para subjugar Chararico e seu filho. Repreendeu-os por não entrarem na batalha contra Siágrio, por terem esperado o fim dos combates para se unirem a ele. Mandou que os tosassem para humilhá-los, pois a cabeleira longa é apanágio dos reis, o sinal de sua força. Mais tarde, quando soube que, na prisão, Chararico repetia ao filho: "Consola-te, cortaram as folhas de uma árvore, mas elas não tardarão a crescer. Que morra com a mesma rapidez aquele que fez isso!", Clóvis ordenou que o degolassem ali mesmo e depois se apoderou dos tesouros e do reino de Cambrai.

Parthenius brandiu o punho.

— Era isso que se devia esperar de um soberano que Remi e Genoveva diziam agir pela causa da Igreja? Remi até me garantiu que Clóvis se aproximava lentamente do batismo, que ele pensava na conversão, que ela o tentava, mas, como soberano prudente, ele sopesava as vantagens e os riscos.

"Hoje, bem como ontem, eu não devia me indignar. Os soberanos agem sempre assim: com crueldade, astúcia e esperteza. Não passam de homens que os bispos têm a missão de esclarecer. Era melhor que eu pensasse nos benefícios que a Igreja obteria com as audácias de Clóvis. Ele acabava de casar Audofleda, uma de suas irmãs, com Teodorico, o Grande, rei dos ostrogodos, soberano da Itália, reconhecido pelo imperador do Oriente. Desse modo, ele, Clóvis, somente rei dos francos sálios, estreitava aliança com um dos grandes do Ocidente. Encontrou-se também com Gondebaldo, rei dos burgúndios, que o tratara como igual, num barco parado no meio de um rio, o Cure, afluente do Yonne. Tinha intenção de se casar com uma princesa burgúndia a fim de desfazer a hostilidade desse povo poderoso...

"Assim era Clóvis, diziam-me, capaz de unir a Gália em torno de si e desse modo favorecer os desígnios da fé, a evangelização dos pagãos, a conversão dos hereges.

Quando Parthenius voltou a se sentar, seu rosto porejava de suor.

— Eu não ignorava nada disso — murmurou. — Não podia retorquir a Remi e a Genoveva. Eu queria servir a minha Igreja e sabia que Alarico, Gondebaldo e Teodorico, soberanos hereges, degolavam seus familiares, temendo que se tornassem seus rivais! Durante um banquete, Teodorico, o Grande, de quem Clóvis se tornara aparentado, cortou a cabeça de Odoacro, que ele acabara de vencer, e depois executou todos os membros da família do inimigo vencido.

Parthenius abaixou a cabeça. Era novamente o ancião encurvado.

— Desde aquele momento eu queria me retirar para rezar, fugir dos homens, falar somente a Deus. Mas Remi e Genoveva não permitiram. E tive de continuar mergulhado nesse pantanal sangrento.

Ele falava com voz mais surda.

— Quando lhe apresentaram o rei Ragnachar com as mãos acorrentadas, que ele acabara de vencer, ouvi Clóvis proferir:

"— Por que permitiste que nosso sangue fosse humilhado, deixando que te acorrentassem como um escravo? Era melhor que tivesses morrido!"

— E partiu-lhe a cabeça com uma única machadada. Depois, virou-se para Ricchar, o irmão de Ragnachar, e disse:

"— Se tivesses socorrido teu irmão, não o teriam acorrentado!"

E de novo ergueu o machado, e o sangue jorrou da cabeça de Ricchar!

Parthenius olhou para mim, mas será que me via? Ele falava para si mesmo.

"— Assim era Clóvis: de uma crueldade implacável e uma insaciável voracidade. Ele matava para se apoderar dos tesouros e dos reinos. E também era esperto e astucioso. Ouvi-o dizer aos familiares de Ragnachar e Ricchar que eles haviam traído o rei e o irmão, e receberam falsa moeda de cobre em pagamento: "Quem voluntariamente entrega seu chefe à morte não merece ouro melhor que este. Contentai-vos que vos deixem viver e não vos façam expiar a traição com torturas."

"Li o terror nos olhos dos que o ouviam. Clóvis, sem mexer um músculo da face, acrescentou no mesmo tom:

"— Infeliz de mim que estou agora como um estranho entre os estranhos e já não tenho um único parente que me venha ajudar em caso de adversidade!"

"Quem haveria de acreditar, ao ouvi-lo, ao vê-lo impassível, o rosto comovente à força da beleza, que ele planejara essas mortes, que ele mesmo desfechara seu machado sobre esses soberanos francos, seus familiares, cujo sangue mal havia secado no ferro de sua lâmina?"

* * *

Parthenius enfiou-se no buraco da parede que lhe fazia as vezes de catre.

— Aos vinte e cinco anos, Clóvis tornara-se de fato um grande rei — murmurou.

Em seguida, virando-se para mim, ele acrescentou alto e bom som:

— Mas o mundo dos homens está corroído pelo mal, habitado pelo Diabo! Um grande rei não pode deixar de ser um grande matador.

QUARTA PARTE

DOZE

— Você não sabe nada das mulheres germânicas — diz Parthenius.

Estávamos sentados lado a lado na frente da gruta, as costas apoiadas na parede da falésia.

Diante de nós, além da plataforma rochosa, estendiam-se as terras de Touraine congeladas sob os brancos rastos da geada.

Eu me virei para Parthenius.

Sua cabeça estava erguida para o céu de um azul translúcido.

O queixo pronunciado, os ossos salientes dos maxilares e da testa davam a seu perfil a nitidez de uma épura.

Naquela manhã, a magreza de seu rosto pareceu-me um sinal de força e energia, a prova de que esse homem levara uma vida de combate, era duro como osso, não se dobrava.

Já não era o ancião que na véspera me parecera desanimar do mundo dos homens e até duvidar das escolhas da Igreja.

Eu o observava desde que ele acordara.

Ele rezou demoradamente com uma determinação que me tranqüilizou, acentuando cada palavra com um movimento de cabeça.

Depois, quando o sol começou a clarear a gruta, ele me puxou para a plataforma, respirando o ar com uma avidez como querendo se purificar.

Sentou-se enfim à esquerda da entrada, convidando-me a sentar perto dele.

Você está surpreso por eu querer falar das mulheres germânicas? — recomeça ele. — Antes, em minha vida de descrente, sucumbi ao desejo da carne.

Persignou-se.

Decerto se arrependera. Alguns lustros mais tarde, fez voto de castidade. Mas ainda guardava lembrança, sem concupiscência, das mulheres louras e vigorosas que ele nunca precisou forçar porque se ofereciam às gargalhadas, numa alegria espontânea que pareciam nem imaginar que estavam pecando. Foram elas que, na maioria das vezes, o escolheram e o arrastaram para suas camas. Estava arrependido, mas tinha de confessar: bárbaras, ímpias que fossem, ele ficava orgulhoso e feliz por ser escolhido.

Persignou-se de novo.

— Lembre-se de Basina, que deixou o marido, o rei turíngio, para se meter na cama de Childerico e lhe dar um filho: Clóvis, célebre por seus combates! — acrescentou.

Ficou algum tempo em silêncio, e eu não sabia bem se ele continuava a rezar e implorar o perdão de Deus para seus pecados ou se a recordação daqueles tempos bárbaros o deleitava.

— Mas — prosseguiu — as que renunciaram à impiedade e se devotaram a Deus conservaram de sua origem o vigor, o gosto da audácia, a coragem e a vontade de agir. Tornaram-se cristãs, mas nem por isso deixaram de ser mulheres germânicas.

Parthenius interrompeu-se outra vez, depois, com a mão em meu joelho — primeiro sinal de familiaridade que ele me dava —, acrescentou:

— Já lhe falei muitas vezes de Genoveva a quem servi o melhor que pude. Preciso lhe falar, já que você quer conhecer tudo sobre esta história, também de Clotilde e sua mãe Caritina.

Parthenius entrelaçou os dedos, estalando as falanges, apertou as palmas das mãos e esfregou uma na outra como se quisesse arrancar a lama seca grudada na pele.

— Encontraram Caritina afogada, uma pedra amarrada no pescoço. A água do pantanal onde fora jogada com as mãos atadas nas costas, as pernas acorrentadas, já havia inchado seu corpo e deformado suas feições. A vegetação que cobre a superfície dessa área salobra agarrara-se a seus cabelos e emaranhara-se neles. Ela estava irreconhecível.

"Mas encontraram, sob a túnica, o crucifixo que nunca a deixava, pois ela era cristã, e todos diziam que essa rainha, casada com Chilperico, o rei burgúndio de Lyon, tentara levar o esposo herege para a verdadeira fé. Ela conseguira obter o direito de batizar as duas filhas, Crona e Clotilde, na fé católica. As duas ainda eram crianças no ano em que a mãe foi assassinada; foram enviadas para a casa do tio Godegisel, rei burgúndio de Genebra...

Parthenius continuava a esfregar as mãos, a cabeça inclinada. Embora eu só visse seu perfil, adivinhava-lhe no rosto a expressão de desprezo e raiva.

— Godegisel, esse aí sobreviveu, mas dois de seus irmãos, Chilperico, esposo de Caritina, e Gondemar, foram degolados pelas próprias mãos do irmão mais velho, Gondebaldo, que em seguida mandou afogar Caritina.

Parthenius separou as mãos uma da outra.

— São esses os costumes bárbaros — desabafou. — Eram quatro irmãos, todos reis burgúndios e filhos do rei Gondioc. Lembra-se de quem era esse irmão mais velho, Gondebaldo, o assassino? Aquele que se encontrou com Clóvis num barco ancorado no meio do pequeno rio Cure. Era um homem opaco como a água do pântano. Baixo, nodoso, parecia uma dessas árvores onde as cobras vão se enroscar, entre tronco e córtex, e, ao vê-las, às vezes pensamos que são raízes tortuosas.

"Assim era o burgúndio Gondebaldo, rei de Vienne. Meus olhos só cruzaram com os dele uma vez, quando fui ver Avito, um santo homem, bispo dessa cidade, que tentava converter o herege ariano aos mistérios de Cristo, Deus e homem ao mesmo tempo. Os olhos de Gondebaldo eram como lascas de metal, cinzentos e acerados. Eles me traspassaram e tive de desviar a cabeça.

"Foi esse homem que degolou seus dois irmãos, que amarrou uma pedra no pescoço de Caritina, ordenou que atassem os membros dessa infeliz mulher e a jogassem na água do pântano que se estendia sob a névoa entre o Saone e o Reno."

Parthenius cruzou os dedos de novo.

— Por que Gondebaldo, o degolador, deixou que Crona e Clotilde vivessem e permitiu que fossem acolhidas na casa de Godegisel, o único irmão que ele poupara e, na época, reinava em Genebra? Quem há de saber?

Ele se persignou.

— Quando lhe relatei essas mortes, Genoveva disse estar persuadida de que Deus quis preservar essas duas crianças cristãs. Suas vidas estavam traçadas no desígnio Dele: Crona, iria tomar os véus das virgens, criar a abadia de Saint-Victor em Genebra; a outra, Clotilde...

Parthenius olhou-me demoradamente como para ter certeza de que eu o acompanhava com atenção e, satisfeito, sacudiu a cabeça e continuou:

— Clotilde tinha sangue real desde as origens dos povos burgúndios. Diziam que mais antigo até que o de seu avô paterno Gondioc, os ancestrais dela vinham das costas dos mares nórdicos, talvez de uma família soberana dos visigodos.

"Loura, a pele de uma brancura de leite, tinha a beleza do sol de inverno que desliza sua luz dourada sobre os gelos imaculados.

"Cristã tão fervorosa qual uma mocinha que se devota a Deus, ela rezava todos os dias. Recordava a sorte de seus pais, Chilperico e Caritina, e sabia que o assassino era o rei Gondebaldo, seu tio, que freqüentemente enviava espiões a Genebra para verificar se as sobrinhas Crona e Clotilde não pensavam em se vingar de quem as tornou órfãs. Ele afogou a mãe delas com a intenção de privá-las de qualquer pretensão real, pois, para os burgúndios e os germanos, as mulheres abrigam em seus ventres a origem de toda soberania. O ventre de Caritina, inchado pela água do pântano, já não poderia transmitir a Clotilde nenhum direito à coroa."

Parthenius se levantou, pôs-se a percorrer a plataforma, apoiando-se de vez em quando nas pedras que a cercavam e virando-se para mim, que fiquei sentado, repetia com voz forte que nenhuma vontade poderia impedir de se realizar o desígnio de Deus.

— Um dia — continuou ele —, os enviados de Clóvis a Genebra vislumbraram Clotilde. Ficaram seduzidos por sua beleza, pela nobreza de sua postura, pela seriedade de seu semblante, pela luz que iluminava seu olhar. Informaram-se sobre ela. Era realmente de família real, burgúndia e sobrinha do rei Gondebaldo, neta do rei Gondioc, filha do rei Chilperico. Órfã.

Eles procuraram Avito. Na igreja de Vienne onde foram recebidos, o bispo contou-lhes que ela era justamente a filha de Caritina, a rainha afogada, mas fora batizada na fé católica. Ela rezava todos os dias. E um casamento entre ela e Clóvis seria uma bênção de Deus para a verdadeira fé.

Avito já havia escrito a Remi, bispo de Reims, sugerindo-lhe essa união. Graças a ela, Clóvis entraria nas mais antigas das linhagens reais, e o ventre de Clotilde daria filhos que só poderiam ser reis.

Parthenius cruzou os braços e explicou que, diante disso, os embaixadores aconselharam Clóvis a pedir Clotilde ao tio Gondebaldo, a fim de torná-la rainha dos francos sálios, o que selaria a aliança entre os povos francos e burgúndios.

Parthenius sacudiu a cabeça e sorriu.

— Gondebaldo estava dividido entre receios contrários que o levavam, segundo as circunstâncias, para um lado ou para o outro. Se ele aceitasse esse casamento, temia que Clóvis saísse fortalecido e, instigado contra os burgúndios por Clotilde, apoiado pelos bispos, viesse a se tornar um rival perigoso. Mas, não seria pior se ele se recusasse a entregar Clotilde? Guerra na certa, pois ia parecer que Gondebaldo rejeitava a aliança que Clóvis propunha com esse casamento.

Voltando a se sentar perto de mim, Parthenius acrescentou que certamente o próprio Avito aconselhara Gondebaldo a aceitar essa união. Os monarcas mais hábeis e mais astuciosos às vezes se perdem no labirinto de seus próprios cálculos e manobras... Diz-se também que um mensageiro de Clóvis foi a Genebra e, disfarçado de mendigo, ajoelhou-se ao lado de Clotilde durante a missa e entregou-lhe um anel marcado com o selo de Clóvis, que assim lhe prometia casamento, assegurando que a jovem poderia batizar os filhos na fé que ela abraçava. Como rainha, ela teria o apoio de todos os cristãos, de Genoveva e de Remi; poderia deixar o reino burgúndio em companhia de todos os bispos católicos que os arianos perseguiam e eram fiéis a ela. De modo que esse casamento seria um ato de fé.

— Eu conheci esse mendigo, o mensageiro de Clóvis — acrescentou Parthenius. — Ele me contou que Gondebaldo consentira nesse casamento num momento de fraqueza. E, conseqüentemente, permitiu que Clotilde saísse de Genebra para se encontrar com o futuro esposo.

O mensageiro de Clóvis deu ordem para que Clotilde se pusesse a caminho sem demora. Ele mesmo vigiou o carregamento das carroças que encheu de cofres, de tecidos, de tesouros.

Enfim o cortejo de servidores e de padres distanciou-se de Genebra. O mensageiro apressou a marcha para chegarem o mais rápido possível à região de Troyes, onde Clóvis e seus soldados esperavam a futura esposa.

Na verdade, o mensageiro soubera que Gondebaldo, num acesso de raiva e de despeito, mudara de opinião, decidira recusar o casamento e sair em disparada ao encalço de Clotilde.

— Mas o cortejo nupcial tinha Deus como guia, e ninguém poderia detê-lo — murmurou Parthenius entrando na gruta.

TREZE

— Quando vi Clotilde e Clóvis lado a lado pela primeira vez — começou Parthenius —, lembrei-me de uma frase de são Paulo que você talvez conheça.

Virou-se para mim. Estávamos assim, frente a frente, na penumbra da gruta. Ele preferira sentar-se num tamborete e eu ocupei seu lugar no catre.

— São Paulo escreveu...

Hesitou, esquadrinhou as palmas das mãos como se elas contivessem as palavras que ia pronunciar. Sacudiu a cabeça e recitou:

— "O esposo pagão é santificado por sua mulher fiel a Deus." Aí está o que diz são Paulo, e foi nisso que pensei naquele dia de março de 492, no instante em que Clóvis, de mãos estendidas, caminhou para Clotilde. Foi em Villery, uma aldeia perto de Troyes. O cortejo de Clotilde acabava de parar ali, e a jovem princesa estava sentada na carroça sob um dossel.

Os serviçais se azafamavam em torno dela, os padres que a acompanharam salmodiavam cânticos, quando Clóvis apareceu de repente.

Parthenius estendeu os braços.

— De mãos abertas, o rei caminhou a passos lentos, o gládio, tão pesado que repuxava seu cinturão, como única arma. A guarda dos antrustiões, levando lança e *francisque*, caminhava ao lado dele no mesmo passo.

"Com um gesto, Clóvis os fez parar e seguiu sozinho para a carroça.

"Ele vestia um manto salpicado de insígnias de ouro representando abelhas, preso no ombro por uma fíbula de prata. Os cabelos estavam mais longos ainda e também mais louros, mais anelados que de costume. A barba ondulada escondia uma parte de seus três colares.

"Era um bárbaro, um pagão, mas a serenidade de sua fisionomia, a doçura de seus olhos que ora se erguiam para Clotilde, ora se abaixavam para as palmas abertas, como se ele trouxesse uma oferenda, fizeram-me lembrar das palavras de são Paulo.

"Naquele momento eu me convenci que de fato seria Clotilde quem o levaria ao batistério. Ela reinaria no coração dele, governaria sua alma. Ela seria a cristã inspirada pela fé e também a rainha germânica que age, arrasta e comanda. E Clóvis se deixaria guiar. Ele, cujo casamento pagão íamos celebrar, haveria de se comportar — eu já o sabia então — como esposo cristão, sem impor a Clotilde nenhuma outra esposa como era costume entre os bárbaros.

"Bastava ver Clotilde em pé na carroça, os cabelos louros caindo sobre sua túnica azul, os olhos presos em Clóvis, para compreender que, cristã e germânica, ela não era mulher de aceitar rivais.

Parthenius, ainda com as duas mãos abertas, recomeçou:

— Pusemo-nos todos a caminho de Soissons. Clóvis cavalgava ao lado da charrete sem afastar os olhos de Clotilde. Na entrada da cidade, o bispo Principius, irmão de Remi, os recebeu. Clotilde, parecendo esquecer a presença do futuro esposo, ajoelhou-se diante do bispo.

"Era exatamente como eu a imaginara, fazia o que lhe parecia certo, sem pedir a opinião do rei nem buscar sua aprovação. E Clóvis, a cavalo, imóvel, o rosto impassível, admitiu isso, enquanto todos os homens de sua guarda o observavam, e víamos a surpresa nos rostos, em alguns até o descontentamento na rigidez da postura, na mão crispada no cabo da *francisque*.

"Depois, Clotilde se levantou e caminhou em direção a Clóvis, que saltou do cavalo.

"Ele tinha a agilidade de um homem de vinte e seis anos.

"Deram-se as mãos e foram andando até o castelo de alabastro.

Mais tarde, Parthenius me descreveu os festejos, as danças, os cantos em torno das grandes fogueiras acesas por toda a cidade.

Era a festa de um povo bárbaro celebrando o casamento pagão de seu rei.

Ao alvorecer, os serviçais de Clóvis entraram no castelo, levando em bandejas os presentes matinais para a virgem que se tornara mulher.

— Eu vi as jóias, os anéis, os colares, as pulseiras, as peças de ouro e prata que o rei oferecia a Clotilde. Era a sagração pagã da rainha dos francos.

Parthenius observou as palmas de suas mãos abertas e acrescentou:

— Mas, naquela noite, Deus conquistara a alma de Clóvis.

Depois ele se levantou e recomeçou a andar, a princípio em silêncio. Parou bruscamente, porém, cerrou os punhos e ergueu-os na altura do rosto.

— Aqueles que Deus escolhe, Ele os põe à prova. Ouça isto...

Ele voltou a se sentar diante de mim.

— Da primeira noite nasceu um filho. Clotilde chamou-o Ingomir. Imediatamente, ela só pensou no batizado da criança. Era preciso que fosse uma celebração inesquecível para marcar a entrada do descendente de Clóvis, o pagão, de Clóvis, o bárbaro, na comunidade dos que crêem em nosso Deus. Principius, o bispo de Soissons, celebraria na igreja de Notre-Dame a imersão do recém-nascido. Cobriram as lajes cinzentas da nave com tapetes de cores vivas. Estenderam véus de uma parede a outra e carregaram Ingomir vestido de branco até o batistério. Ele foi cristão...

Parthenius estendeu os braços para mim. Tive a impressão de que suas mãos tremiam.

— Ingomir foi cristão — repetiu ele — e Ingomir morreu ainda vestido de branco!

Ele se persignou, murmurando que Deus escolhera a prova mais cruel, a que fere o coração de uma mãe da qual se arranca seu primeiro recém-nascido.

— Clotilde decidira sozinha batizar a criança, como uma mulher orgulhosa, segura de si, e teve de ouvir isto de Clóvis:

"Foi vosso batismo que causou a morte de Ingomir. Se eu o tivesse consagrado aos deuses do meu povo, ele ainda estaria vivo. Vosso Deus ama a morte! Ele me privou de um filho."

Parthenius recomeçou a andar para lá e para cá, de cabeça baixa.

— Imagine a amargura do rei, sua decepção, sua desconfiança em relação a um Deus impiedoso. A morte de Ingomir era como um sacrifício exigido por um Deus mais bárbaro que todos os ídolos. Mas Clotilde enfrentou a ira e as reprovações.

Parthenius, que tinha caminhado até a entrada da gruta, levantou o pano que a fechava, e o frio gelado da noite apagou a chama da vela.

Ele continuou, de costas para mim.

— Clotilde disse a Clóvis: "Dou graças a Deus Todo-Poderoso e criador de todas as coisas. Ele não me achou indigna de ser a mãe de uma criança que ele acolhe em Seu reino celeste. A dor de sua perda não anuvia minha alma. Ingomir deixou este mundo vestido com a camisola branca da inocência. Ingomir vai se alimentar da visão de Deus por toda a eternidade."

Parthenius vira-se para mim e conclui:

— Assim era Clotilde: cristã e soberana.

Ele fechou os olhos, ficou em silêncio e depois acrescentou que Deus uma vez mais quis provar a crença de Clotilde. O segundo filho, Clodomir, que ela batizara imediatamente, foi atingido por uma doença nos dias que se seguiram.

Clóvis enfureceu-se:

"Vosso Cristo o faz morrer como já fez morrer Ingomir! Só pode acontecer isto, uma vez que ele foi batizado e vosso batismo abre as portas da morte. Portanto, é preciso que também ele morra!"

Clotilde pôs-se a rezar ajoelhada ao lado do bispo Principius. Em Reims, Remi rezava. Em Paris, Genoveva também rezava.

— E Deus concedeu a cura — terminou Parthenius afastando as mãos abertas. — Depois de Clodomir, nasceram outros filhos: Childeberto, Clotário e uma menina, Clotilde.

Ele se persignou.

— Deus recompensa os que crêem e esperam. A rainha Clotilde era dessa estirpe. Junto dela, como Clóvis poderia resistir à fé?

QUATORZE

— Contudo, demorou — retomou Parthenius —, demorou mais do que eu poderia imaginar.

Parthenius confirmou sacudindo a cabeça e, em seguida, com os braços cruzados sobre o peito, as mãos pousadas sobre os ombros como se sentisse frio de repente e quisesse se proteger envolvendo-se em si mesmo, ainda murmurou algumas palavras que eu não consegui compreender.

Perguntei então:

— Demorou? Mais tempo?

Parthenius estremeceu. Levantou a cabeça, olhou-me irritado, com ar carrancudo, como se eu tivesse surpreendido um pensamento que ele preferia guardar consigo.

Repeti a pergunta.

O que fora mais demorado do que ele imaginara? Clóvis teria custado muito a se converter? Sua resistência à fé de Clotilde teria durado mais do que Parthenius pensara?

Ele emite um resmungo de desaprovação como se o forçassem a sair da toca, a abandonar a discrição.

Descruzou os braços, inclinou a cabeça para o lado e, com o indicador direito em riste, sacudiu a mão.

— Demorou, sim... — suspirou. — Clóvis chegou ao batizado a passos tão lentos, com tanta prudência, tantas hesitações, que muitas vezes achei que ele continuaria para sempre um rei pagão. Que Clotilde não conseguiria fazê-lo entrar na igreja como crente, que ficaria no limiar, curioso, talvez, e até benevolente, mas fiel aos deuses de seu povo. Que Genoveva e Remi se equivocaram em contar com sua conversão. Que somente as crianças, por vontade de Clotilde e pela graça de Deus, seriam cristãs.

Parthenius sacudiu a cabeça.

— Clóvis era um homem que ponderava tudo e zelava para não se deixar levar pela emoção. Eu o vi receber Genoveva com respeito, com quase humildade, inclinar-se diante dela, coisa a que ele não se obrigava diante de ninguém, e ouvi-la contar a peregrinação que acabava de fazer a Tours onde se ajoelhara no túmulo de são Martinho. Ela lhe falou do santo homem com fervor, explicou que todos os dias, desde que morrera, ele realizava novos milagres, e milhares de peregrinos veneravam suas relíquias, iam rezar na basílica que o bispo Perpétuo erguera em memória dele. E ela insistia que aquele que quisesse realizar grandes desígnios deveria ir ao túmulo de são Martinho, o apóstolo dos gauleses. Ela chegou até a acrescentar que não podiam deixar a cidade de Tours nem a basílica nas mãos dos visigodos. E toda essa região do Loire ainda fazia parte do reino de Alarico.

"— Podes aceitar isto — ela perguntou a Clóvis. — Podes ir a Tours para receber a bênção de Martinho?

"Clóvis escutou, mas não respondeu e sequer deixou transparecer qualquer sentimento. Permaneceu de olhos fixos como uma estátua. E continuou na mesma atitude quando Genoveva o convidou a ir a Paris onde todos os habitantes o aguardavam para glorificá-lo. Ela também queria que ele visitasse a basílica que mandara construir na margem direita do Sena, em memória de são Denis, mártir. Era um prédio retangular de vinte e um passos por oito onde se já se reuniam numerosos peregrinos e onde, pela graça de são Denis, aconteciam muitos milagres.

"— Paris é tua cidade — disse ela sem que Clóvis sequer piscasse."

Parthenius fechou os olhos. O rosto estava sulcado de rugas que exprimiam decepção.

— Clóvis manifestava muita consideração por Genoveva, mas se esquivava. E fizera o mesmo com Remi e depois com Principius, o bispo de Soissons. Contentava-se em ouvir Clotilde, em deixá-la agir à vontade, assistir a todas as missas, batizar os filhos, ensinar-lhes o que era a justa fé, a natureza ao mesmo tempo humana e divina de Cristo, mas não pretendia renunciar aos deuses pagãos. Ele era...

Parthenius se animou, falava com entonações mais vivas, como se reencontrasse a intensidade das emoções e decepções passadas.

— Clóvis era como um rei que assiste aos combates entre dois exércitos como espectador de cima das muralhas de sua cidade. Ele os observa do alto das fortificações. Quem vai vencer? A situação muda a todo instante, e o rei hesita. Deve continuar fechado em sua cidade com seus deuses pagãos com risco de ser atacado em breve pelo exército vitorioso ou deve aliar-se ao exército católico, a seus bispos, a sua esposa Clotilde, a Genoveva, que governa Paris? Mas esse exército, quem garante que ele vai vencer? Sua religião, a de Cristo crucificado, não é uma crença de vencidos, de antigos escravos? Não será melhor enfileirar-se sob as bandeiras do outro exército, o dos fiéis de Ário, para quem Cristo não passa de um simples mortal, mas celebra um Deus Pai tão poderoso quanto Júpiter?

Parthenius esboçou um ar de dúvida.

— Imagine o dilema: a esposa e rainha Clotilde é católica e conhece a influência e o poder dos bispos, mas os soberanos mais poderosos do Ocidente, o visigodo Alarico, o burgúndio Gondebaldo, o ostrogodo Teodorico, o Grande, todos protegidos do imperador do Oriente, são arianos. Seus sacerdotes vão a Soissons, entram no castelo de alabastro, convertem Lantechilda, uma irmã herética de Clóvis; outra irmã, Audofleda, também ariana, é casada com Teodorico, o Grande. De modo que essa heresia é a religião dos povos godos e germânicos.

Parthenius ergue os braços.

— E Clóvis também precisava contar com seu próprio povo e com seus antrustiões que celebravam os deuses pagãos e talvez não aprovassem a conversão do rei...

"De modo que Clóvis ficou muito tempo acompanhando a batalha do alto das muralhas de seu reino, dando garantias a uns e a outros: aos arianos, as suas irmãs, a Clotilde, seus filhos!"

Com um gesto, Parthenius impediu-me várias vezes de intervir.

Eu queria adverti-lo de que Clóvis, tal como ele descrevia, era certamente um estrategista, mas no fundo só agia em proveito de suas ambições. Pouco importa. Como um homem desses, com poder indiscutivelmente útil aos desígnios da Igreja, poderia tornar-se um verdadeiro cristão?

Parthenius deve ter adivinhado minha objeção, pois, antes mesmo que eu pudesse expressá-la, ele tratou de respondê-la:

— Clóvis não era somente um soberano hábil e calculista. Se ele fosse apenas isso, poderia ter-se casado com outras mulheres, princesas dos reinos vizinhos, e assim estreitar laços políticos que lhe seriam úteis. Ele as imporia a Clotilde, ainda que pela violência. E como pagão podia, por sua vez, conservar vivos os filhos e amarrar uma pedra no pescoço de Clotilde para afogá-la, caso ela se opusesse a essas outras alianças matrimoniais. Mas ele permaneceu fiel a ela como um esposo cristão.

Parthenius assumiu um tom grave, quase solene.

— Clóvis, por mais que fosse rei célebre por seus combates, tinha no peito um coração de homem. Mas só o coração de Jesus é puro. No de Clóvis, misturavam-se a generosidade e o egoísmo, a prudência e a coragem, o cálculo e a fé, sem que os pudéssemos separar.

Parthenius abaixou a cabeça.

— Nossos corações, o seu e o meu, serão melhores?

QUINTA PARTE

QUINZE

Naquela manhã, eu fiquei surpreso com a excitação de Parthenius.

Ele não rezou mais que alguns instantes, em seguida foi para a plataforma e voltou quase de imediato para dentro da gruta. Olhou-me demoradamente, parecendo-me hesitante em me falar. Mas, quando eu ia interrogá-lo, ele se afastou, voltou, tornou a se afastar e de dentro da gruta disse que havia decidido ir à biblioteca do monastério, situada no prédio principal, na base da falésia de Marmoutier.

Eu o acompanhei.

Mais uma vez ele teve dificuldade de descer os degraus da escada que estavam escorregadios por causa da chuva que caíra durante a maior parte da noite.

Eu o segurava pelos ombros e pela túnica quando ele cambaleava. E só me tranqüilizei quando entramos na ampla sala iluminada por círios.

Debruçado nas escrivaninhas, jovens monges copiavam manuscritos.

Parthenius os ignorou e dirigiu-se para uma mesa comprida em que diversas obras estavam empilhadas. Ele começou a folheá-las, sempre se mantendo distante, de pálpebras franzidas. Assim ele passou rapidamente os olhos por várias obras, para empurrá-las com desprezo, e apanhar outras que logo rejeitava.

— Eu escrevi tanto, li tanto... — murmurou ele. — Mas encontro muito pouco do que vi, do que vivi, do que compreendi.

Tomou meu braço, e esse gesto me surpreendeu. Ele me puxou para fora da sala sem que os copistas levantassem a cabeça.

Disse-me que desejava voltar para sua cela.

— Minha gruta escura é mais iluminada do que essa biblioteca onde ardem tantos círios!

Ele subiu prontamente os primeiros degraus, depois ficou sem fôlego e se apoiou com a mão em meu ombro.

Paramos no meio da subida numa espécie de patamar improvisado numa reentrância da falésia.

Encostado na parede, Parthenius me explicou que se decepcionava toda vez que consultava esses manuscritos. O conhecimento dos fatos passados e dos homens daquela época esgotava-se à medida que o tempo abria um buraco que engolia as lembranças.

Retomamos a subida. Assim que entramos na gruta, Parthenius murmurou:

— O tempo é um abismo onde tudo desaparece.

Ele se deixou cair no tamborete.

— O que você sabe sobre os alamanos? — perguntou. — Quantos homens ainda se recordam desses bárbaros quase gigantes? Todo ano eles atravessavam o Reno para saquear, devastar, massacrar, violar. Nós os matávamos aos milhares, pensávamos ter exterminado essa laia, mas alguns meses depois eles surgiam de novo, mais numerosos ainda. Eles subiam o Reno, atacavam os burgúndios, os francos ripuários, invadiam

Colônia, Augsburgo, Trier, Estrasburgo, Colmar, Metz... Parecia que nada conseguiria pôr um fim a seus assaltos, como se eles se reconstituíssem incessantemente em enxames que investiam contra a Gália, atravessavam os Alpes, sitiavam Milão.

Parthenius fez uma pausa. Ele falara tão depressa e com tanta exaltação que ficou sem fôlego.

— Você leu Amiano Marcelino? — perguntou depois de alguns instantes. — Eram os livros dele que eu queria consultar esta manhã, antes de lhe falar de Clóvis e dos alamanos, antes de lhe contar a batalha que travaram, do papel que ela desempenhou no destino do rei dos francos e no da Gália. Mas nossos copistas negligenciaram a obra de Amiano, a única que descreve bem o povo alamano. E se eu não tivesse uma boa memória não poderia lhe falar do seu rei Chnodomar, um gigante. Ele avançava no meio de duzentos guerreiros de estatura também gigantesca. Essa coorte bárbara abria um vale de sangue nas alas francas. Eles berravam, feriam, sem perder de vista o seu soberano, empoleirado em cima de um cavalo imenso. Chnodomar tinha a cabeça coroada por um penacho flamejante. Inseparáveis dele, seus guerreiros deviam segui-lo até a vitória, ou até a morte. Foi esse o povo que Clóvis enfrentou em 496.

Parthenius recuperou a respiração durante um longo tempo.

— Clóvis conhecia os alamanos, a coragem e a crueldade deles. Eram guerreiros que se atiravam sobre os inimigos como se não temessem os ferimentos nem a morte. Naquele ano, depois de atravessarem o Reno outra vez, eles despencaram numa onda ameaçadora no território dos francos ripuários, e Sigeberto, o rei desses francos, resolvera interceptá-los nas muralhas da antiga fortaleza romana de Tulpiacum, nossa Tolbiac, a um dia de caminhada de Colônia.

"A batalha ficou muito tempo indecisa, a campina logo se cobriu de mortos, os fossos inundados de sangue. Sigeberto recebeu um golpe de machado no joelho, mas continuou a combater com a perna quebrada, tornando-se para sempre "Sigeberto, o Manco".

“Os alamanos acabaram por recuar, mas Sigeberto enviou mensageiros a Clóvis solicitando ajuda dos francos sálios ao povo irmão.

De pé, Parthenius começou a falar mais baixo.

— Eu nunca vi Clóvis tomar uma decisão apressada ou sob o efeito da ira ou da emoção. Ele recebeu os mensageiros de Sigeberto, o Manco, no castelo de alabastro. Ao observá-lo e ouvir as perguntas que ele fazia, tive a impressão de que ele parecia um desses joalheiros que examinam minuciosamente as jóias que lhe são apresentadas.

“Clóvis pesava também cada palavra antes de pronunciá-la. Ele via e revia todas as conseqüências de uma decisão antes de tomá-la, como se fosse uma pedra preciosa que deveria ser analisada atentamente sob todas as facetas.

“Ele mandou de volta os mensageiros depois de ouvi-los demoradamente, e reuniu seus conselheiros mais íntimos, mas, pelo que eu soube, não se manifestou diante deles, deixando que opinassem.

“Devia responder ao apelo de Sigeberto e dos francos ripuários? Devia enfrentar os alamanos cuja força todos conheciam?

“Os conselheiros se dividiram e deixaram o palácio sem saber a decisão de Clóvis.

“Somente à noite o rei convocou o chefe da guarda e ordenou-lhe que reunisse as tropas.”

Parthenius elevou a voz e, de olhos fechados, parecia transportado para longe da gruta, para os tempos remotos que vivera.

— No dia seguinte, Clóvis e seu exército partiram para combater os alamanos em Tolbiac.

DEZESSEIS

— Clóvis tinha trinta anos quando decidiu combater os alamanos — prosseguiu Parthenius. Era o décimo quinto aniversário de seu reinado. Ele emanava uma tal impressão de força que, em Soissons, quando o vi avançar no cinza-azulado da aurora em direção a seu exército, diante do castelo de alabastro, senti que ele era invencível.

"Seus longos cabelos louros jorravam do capacete feito de lâminas de ouro e prata. Ele usava uma armadura cujos rebites brilhavam como pedras preciosas. Mantinha retesadas as rédeas de seu cavalo branco que batia os cascos, relinchava, tentava empinar, e enfim, domado, marchou a passo diante da primeira fila de guerreiros.

"Quando o rei parou de frente para as tropas e ergueu a *francisque*, os soldados responderam com gritos, imitando seu gesto.

"Foi então que vi Clotilde caminhar para Clóvis seguida pelos filhos. Seus véus azuis e brancos esvoaçavam em torno dela com a brisa do alvorecer. Ela caminhava com tanta graça e leveza que parecia estar suspensa, tocando levemente o chão.

"Clóvis virou-se para ela, que se persignou e estendeu a mão num gesto de benzer o rei. E, naquele instante, eu pensei...

Parthenius interrompeu-se, segurou meus pulsos e apertou-os.

— Não creia que eu hoje imagine meus pensamentos daquela época de acordo com o meu conhecimento do que aconteceu. Não, no dia em que Clóvis e seu exército saíram de Soissons para o vale do Reno e a fortaleza de Tolbiac, eu previ que o destino ia virar.

"Clóvis seria vencedor, tive essa íntima convicção ao ver Clotilde erguer a mão para saudar seu real esposo. Não havia medo algum em seu gesto, mas, ao contrário, serenidade e alegria.

"Compreendi que, durante a noite toda, Clotilde devia ter rogado a Clóvis que, ainda hesitante, sopesava os riscos e as vantagens dessa guerra que cogitava empreender contra os alamanos.

"Mas Clotilde bem sabia. É por isso que não se inquietava vendo Clóvis partir para a batalha.

"Diante de seu exército, o rei inclinou-se sobre o pescoço do cavalo. Tomou a mão de Clotilde e beijou-a. Empertigou-se finalmente, gritou uma ordem gutural e o exército se pôs em marcha.

"Clotilde se ajoelhou, juntou as mãos, e a poeira levantada pelos guerreiros em marcha roubou-a dos meus olhos."

Parthenius balançou a cabeça.

— Mas ela estava lá e, para mim, ela era a prova de que Deus acompanharia Clóvis nessa guerra.

Parthenius continuou a falar durante toda a noite.

Nunca soube se ele assistira pessoalmente à batalha de Tolbiac ou se apenas relatava os testemunhos que colhera e registrara na *História dos francos* que ele escrevera e cujo manuscrito estava perdido.

Ele falava como se estivesse lendo um texto, sem demonstrar a menor hesitação, e eu não conseguia desviar os olhos de seu rosto emaciado, de seu olhar fixo que parecia ver os exércitos se enfrentando, além das paredes da gruta.

Primeiro os exércitos lançaram os dardos enquanto corriam para a linha adversária; caíram os primeiros homens em meio ao barulho das pontas de metal aguçado batendo nos escudos. Atrás desses guerreiros, os reis dos dois campos se desafiavam de machado ou gládio erguido.

— Várias vezes Clóvis chegou perto do rei alamano, golpeando ao redor para abrir passagem até ele. Mas a guarda pessoal do soberano inimigo sempre se recompunha, oferecendo o próprio peito para proteger o do chefe. Clóvis teve de recuar sob a pressão desses guerreiros que pareciam fora do alcance da morte. Em toda a frente de combate, os francos também tiveram de recuar tamanhas eram a raiva e a intrepidez dos alamanos. Em diversos pontos, a resistência deles fraquejava e afinal cedia, muitos tombavam com os corpos transpassados pelos dardos, os membros decepados pelos gládios. Os gritos de vitória, verdadeiros rugidos, começavam a se erguer nas fileiras alamanas.

"Dizem que foi nesse instante que Clóvis levantou a cabeça para o céu e alguns guerreiros que estavam perto dele ouviram distintamente sua voz propor este pacto a Jesus Cristo, esta aliança que ele oferecia a Deus, esta troca que ele se comprometia a cumprir, este juramento que ele fazia:

Escuta-me, Tu que, segundo Clotilde, minha rainha, és Jesus Cristo, filho do Deus vivo! Tu que podes conceder a vitória aos que crêem e esperam em Ti! E tu sabes que Clotilde é a mais fiel de Teus crentes.

Escuta-me, Jesus Cristo!

Desde o início desta batalha, eu invoquei meus deuses para que ajudassem meus guerreiros e sustentassem minhas armas. Mas olho a meu redor, vejo os alamanos matando e avançando, e já não creio nos poderes de meus deuses, visto que não podem socorrer aqueles que lhes são devotados.

Sustenta-me, Tu, filho de Deus vivo!

Eu Te peço, como fazem Teus fiéis, a glória de Tua ajuda.

Socorre-me em minha desgraça!

"Se me concederes a vitória, eu Te faço juramento, eu me comprometo a crer em Ti e a solicitar o batismo a Teus bispos para tornar-me um de Teus fiéis!

"Assim que Clóvis pronunciou essas palavras, firmou esse compromisso, a batalha mudou de aspecto como se um vento afastasse a iminente derrota dos francos.

"Os guerreiros de Clóvis lançam suas *francisques*, precipitam-se e descem os gládios sobre os alamanos que, atacados de surpresa quando já se acreditavam vitoriosos, recuam.

"Os francos soltam urros quando vêem oscilar o soberano alamano ferido em pleno peito por uma *francisque*. Ele cai do cavalo. E a montaria foge, levando em sua esteira a maior parte dos guerreiros, subitamente desamparados, que debandam convencidos de que seus deuses os abandonaram.

"Os alamanos se ajoelham, aguardam o castigo dos vencedores. Oferecem suas vidas aos machados e gládios dos francos.

"Mas eis que Clóvis ergue o braço, suspende o movimento das armas prontas a se abaterem sobre nucas e gargantas.

"Ele diz que concede poupar a vida aos alamanos, que os vencidos podem deixar o campo de batalha sem temor. Os alamanos derrotados correm a se ajoelhar, a agradecer a clemência do rei dos francos..."

Enfim, Parthenius se interrompeu e comprimiu o peito com as duas mãos na altura do coração, como se quisesse conter a emoção ou uma dor súbita.

— Naquele dia, em Tolbiac, Clóvis mudou o destino da Gália — diz ele em voz velada pela fadiga.

"Eu lhe disse que ele era igual a um joalheiro, mas também a um trocador de moeda que compara as peças que lhe são oferecidas e as sopesa, antes de cambiar uma por outra. Foi isso que ele fez quando se dirigiu a Deus. Firmou um negócio com Ele: para mim, a vitória, para Ti, meu batismo!"

Tomado por um acesso de tosse, Parthenius admite: foi injusto ao reduzir o juramento e o compromisso de Clóvis a uma transação vulgar.

No momento do perigo, o rei deve ter se lembrado das preces de Clotilde, das palavras que tanto os bispos Remi e Principius como Genoveva lhe endereçaram.

Ele se dirigiu a Jesus Cristo, quando a batalha lhe parecia perdida, para se salvar, claro, como um mercador pagão, talvez, mas não foi ao acaso que escolheu Aquele com quem negociar. Foi com Jesus Cristo, ao mesmo tempo Deus e homem, e não com o deus ídolo dos hereges.

Parthenius meteu-se no catre e me virou as costas, a testa encostada na parede rochosa.

— E depois — acrescentou ainda —, se Clóvis fosse astucioso, Deus nunca se deixaria enganar. Talvez o rei franco acreditasse que se comprometia com um simples gesto: o batismo. Mas Deus não se contenta com aparências. Ele quer as almas!

DEZESSETE

— Quando revi Clóvis, compreendi que a batalha de Tolbiac transformara totalmente o rei dos francos — diz Parthenius.

Estávamos sentados na biblioteca do monastério de Marmoutier, de cada lado da grande mesa em que estavam empilhados os manuscritos reunidos em grossos volumes que Parthenius folheava.

Em torno de nós, os copistas, indiferentes a nossa presença, continuavam os trabalhos de caligrafia, em pé diante de suas escrivaninhas.

De vez em quando, Parthenius os olhava, depois, com os braços espichados sobre um dos volumes, o corpo inclinado em minha direção, retomava a narrativa.

* * *

Por ordem de Remi, ele foi a Toul nos dias que se seguiram ao anúncio da vitória de Clóvis sobre os alamanos.

De fato, o bispo de Reims soube que o exército franco retornava à Gália pela estrada romana que liga Trier a Reims e repousaria em Toul.

Clotilde também se pôs a caminho para encontrar o esposo em Attigny, onde havia uma vila real.

Em Soissons, a rainha soubera, por um mensageiro de Clóvis, que Deus decidira da sorte da batalha e o rei se comprometera a ser batizado na religião católica. Clotilde sentira uma alegria imensa e a manifestara ajoelhando-se na sala do castelo para rezar em voz alta, dando graças a Deus. Depois ela se recolhera por um longo tempo diante do altar da catedral de Soissons em companhia do bispo Principius. E deixou a cidade rodeada por monges que entoavam cânticos.

— Clóvis tornou-se outra pessoa — repetiu Parthenius. — Quando eu o vi entrar em Toul à frente do exército, achei primeiro que ele havia envelhecido. Tinha o mesmo porte altaneiro, irradiava a mesma força e, no entanto, sim, ele mudara.

"Teria sido marcado pela longa incerteza do combate, pela derrota que o roçara como um rapinante se prepara para saltar sobre o corpo vencido?

"Foi o que pensei.

"Depois, observando-o mais atentamente, concluí que ele não perdera a juventude, antes adquirira seriedade.

"Seu olhar estava velado, os gestos mais lentos.

"Ele desceu do cavalo com um movimento sempre harmonioso, porém mais majestoso, como se fosse agora um homem comedido, mais atento que outrora às más atitudes."

Parthenius se reergueu e começou a folhear o manuscrito em que estivera apoiado, quase que deitado em cima das folhas de pergaminho.

Ele se virou como se temesse que os copistas o espreitassem. Mas todos estavam absorvidos pelo seu trabalho.

— Eu me interroguei por muito tempo. O que teria mudado Clóvis dessa maneira? O medo da derrota, a euforia da vitória? Ou a ajuda de Deus, a transação feita com o Senhor que lhe permitira triunfar sobre os alamanos?

Parthenius sacudiu a cabeça, depois passou lentamente a palma da mão direita sobre o pergaminho, como se o acariciasse.

— Um homem é como um grande rio — murmurou ele. — Quem sabe a origem das águas que correm entre suas margens, uma vez que, a partir da fonte, ele recebe tantos afluentes vindos de diversas regiões? Quem pode saber? Todas as águas se misturam para formar o rio.

Ele fez uma pausa e eu intuí, pelo movimento de seus lábios e a fixidez do olhar, que ele lia o texto do pergaminho, acompanhando as linhas com a ponta do dedo.

Virou a página, depois voltou à anterior.

— Ninguém continua o mesmo quando se torna um rei vitorioso a quem os mais poderosos soberanos do Ocidente se dirigem com deferência — diz ele empurrando para mim o manuscrito.

Mostrou-me o pergaminho e repetiu em tom imperioso:

— Leia, leia se quer compreender! Tire uma cópia desta carta, talvez ela lhe sirva mais do que tudo que você possa aprender por outro caminho.

Ele se ergueu e deu a volta à mesa para se sentar a meu lado como se não pudesse afastar os olhos da escrita esmerada, de hastes altas.

— Veja o que Teodorico, o Grande, rei dos ostrogodos, reconhecido pelo imperador do Oriente, soberano da Itália e esposo de Audofleda, a irmã de Clóvis, escreve ao que se tornou vencedor dos alamanos e protegido dos bispos católicos da Gália.

Ele pôs o indicador na primeira linha.

— Leia, leia — esganiçou.

Eu obedeci e li em tom de voz um pouco mais alto, levado pela cadência da frase, pela solenidade das palavras:

Nós nos regozijamos do glorioso parentesco que nos liga a vós, à vossa coragem. De um modo feliz, despertastes o povo franco para novos combates, após tanto tempo de descanso.

Com mão vitoriosa submetestes os alamanos, derrotados com morte de seus mais valorosos guerreiros.

Mas o castigo merecido pelos chefes alamanos não deve atingir todo o seu povo.

Moderai os golpes que desferirdes contra os restos de uma nação esmagada.

Sede clemente com os homens que se escondem apavorados atrás das fronteiras de nosso reino.

Vós conquistastes um triunfo memorável, inspirando ao selvagem alamano um terror tal que ele se viu reduzido a vos pedir humildemente que lhe poupasse a vida.

Que vos baste ter visto o rei alamano sucumbir com o orgulho de sua raça e ter visto essa incalculável nação em parte exterminada, em parte subjugada.

Crede em minha velha experiência nestes assuntos. As guerras que tiveram os resultados mais felizes para mim foram aquelas em que pus moderação em meu objetivo.

Aquele que sabe ser comedido em tudo, esse seguramente será sempre vencedor, e a prosperidade sorri de preferência aos que não expõem um rigor e uma dureza excessivas...

Eu levantei a cabeça e me virei para Parthenius, que se debruçara junto de mim e relera por cima do meu ombro a carta de Teodorico, o Grande.

— São louvores entremeados de conselhos, mas também de ameaças...

Eu sublinhei com o dedo a última linha.

Teodorico concluía a carta exortando Clóvis a seguir suas recomendações:

Desse modo, não tereis nada a temer dos países que nos pertencem...

Com um gesto rápido, Parthenius puxou o manuscrito para si e exclamou:

— Que rei não ameaça outro rei? Os que detêm o poder são sempre rivais. Mas o que conta é que Teodorico, o Grande, escreve ao rei dos francos sálios, considerando-o como seu igual, pede-lhe moderação, diz que...

Parthenius voltou a decifrar:

Vossa prosperidade é nossa glória e toda vez que recebemos uma boa notícia de vós consideramos um benefício para todo o reino da Itália.

Ele virou a página do pergaminho.

— Ouça mais isto que Teodorico acrescentou:

Juntamente com esta carta, nós vos enviamos um tocador de cítara, um mestre em sua arte. Ele vos encantará cantando a glória de vossa força, pela boca e pelas mãos, com uma voz e uma música repletas de harmonia...

Parthenius fechou o manuscrito, jogou a cabeça para trás e me disse que outrora, no castelo de alabastro, em Soissons, e depois em Reims e Paris, ouvira esse tocador de cítara, esse encantador, esse mágico que o próprio Boécio, o maior de todos os músicos, escolhera para Clóvis a pedido de Teodorico.

— Como o nosso soberano pagão, como Clóvis, o bárbaro, não trocaria tudo por isso?

Com os cotovelos apoiados na mesa, Parthenius firmou-se nas palmas da mão e continuou a falar baixo. Retomando o fio do relato, ele me recordou que, desde que o vira, achara que o homem que entrava em Toul como vencedor não era mais o mesmo que, algumas semanas antes, saíra de Soissons à frente de seu exército.

— Ele recebera de Deus a vitória — diz Parthenius. — E sabia disso. Em troca, prometera aceitar o batismo. E não se esquecera disso.

"Em Toul, ele pediu para ver um santo eremita, um ex-soldado que vivia retirado, às vezes realizando milagres a pedido dos inúmeros peregrinos que procuravam encontrá-lo e suplicar-lhe que os curasse. Esse homem, que se chamava Vaast, passava a maior parte do tempo fechado numa choupana no meio da floresta, e foi lá que Clóvis o encontrou para pedir humildemente o direito de lhe falar. Solicitou que o homem o acompanhasse até o dia do batismo, ensinado-lhe o que um catecúmeno, ainda que rei, devia aprender sobre a religião de Cristo para entrar no seio dela.

Parthenius ergueu a cabeça, cruzou os braços e sorriu.

— Que eremita, por mais determinado, poderia declinar dessa solicitação vinda de um rei?

"Bastou que Vaast visse o rosto de Clóvis, ouvisse sua voz, para compreender que não podia recusar o pedido dele. E, de resto, não era uma santa missão? Pôs-se portanto a caminho em companhia do rei e de seu exército."

Parthenius interrompeu-se, fechou os olhos, escondeu o rosto nas mãos e, sem se mexer, com a voz abafada pelas mãos espalmadas em sua boca, observou que estava junto de Vaast e Clóvis quando eles chegaram a Attigny onde Clotilde esperava o esposo.

— Eles caminharam um para o outro a passos lentos, com as mãos abertas, os braços estendidos, ela vestida de azul e branco, ele com o torso envolvido pela couraça de ouro e prata, o gládio ao lado. Fecharam-se por vários dias e noites na vila real. Quando Clóvis reapareceu, vestia uma ampla túnica de pano branco com um largo cinturão de couro preto em torno da cintura, onde o gládio estava preso.

Parthenius se levantou, atravessou a biblioteca passando por entre as escrivaninhas dos copistas cujas penas rangiam nas folhas de pergaminho.

Já na soleira da biblioteca, a luz, violenta e ao mesmo tempo acariciante como um tecido sedoso, ofuscou-me.

Parthenius ficou parado.

— Nada é simples — murmurou, a fronte exposta aos raios difusos do sol. — A leitura nos esclarece, mas nos priva desta luz divina. É preciso escolher sempre.

Virou-se para mim:

— A escolha de Clóvis não era tão fácil quanto ele teria imaginado. Em Attigny, ele dispensa seu exército e conserva apenas a guarda pessoal. Contudo, poderia dizer a seus antrustiões que veneram os deuses bárbaros e oferecem sacrifícios a Wotan, o deus da Guerra, que vai renegar essas divindades e ajoelhar-se diante de um homem crucificado, martirizado até a morte, mas que não deixa de ser Deus soberano? Como esses guerreiros compreenderão o batismo do rei? Eles se rebelarão? E como os reis hereges, Gondebaldo, o burgúndio, Alarico, o Visigodo, Teodorico, o Grande, apesar das cartas benevolentes, reagirão a uma conversão que fará de Clóvis o rei católico, aquele que os bispos apoiarão contra os soberanos arianos?

Parthenius começou a se encaminhar para a escada da falésia.

Parando a cada quatro ou cinco passos, ele contou que, em Attigny, ele intuíra as hesitações de Clóvis, talvez até a tentação de quebrar o compromisso de aceitar o batismo. Afinal de contas, ele conquistara a vitória, quem a tiraria dele?

— Ele era, como já lhe disse, tal qual um cambista astucioso ou joalheiro esperto. Ele sopesava novamente vantagens e riscos, ouvindo Vaast e, sobretudo, Clotilde. Ela devia relembrar-lhe constantemente os termos do juramento dele, repetir-lhe que os deuses pagãos, assim como os romanos ou os gregos, não passavam de ídolos sem poder, divindades tão inermes quanto a pedra e a madeira em que suas estátuas foram esculpidas. Jesus Cristo, ao contrário, era feito de carne mortal, como um homem, mas também de mistério, de força e de eternidade, como Deus. Ela lhe falava. Ela rezava. Ela queria esse batismo, esse nascimento cristão de Clóvis.

Parthenius apoiou a mão esquerda no meu ombro.

— Um dia de manhã — sussurrou ele como se temesse ser ouvido —, Clotilde me convidou a encontrá-la numa sala da vila real. Ela se encaminhou para mim e eu me inclinei diante dela. Ela pousou as mãos em meus ombros e disse que eu precisava ir a Reims procurar o bispo. Ela sentia necessidade da ajuda de Remi para levar o rei ao batismo, ensinar-lhe o *Credo*. Eu devia partir imediatamente.

Parthenius levantou a cabeça, a fronte banhada pelo sol.

— Peguei a estrada quando a luz do sol era tão viva como hoje.

SEXTA PARTE

DEZOITO

— Eu tive de prometer a Clóvis que guardaria segredo — disse Parthenius.

Ele alçou os ombros e, apesar da obscuridade que pouco a pouco invadira a gruta, adivinhei o rito de despeito que lhe crispava a boca e as faces.

— No entanto, Clóvis sabia, assim como Clotilde, Remi ou Genoveva, que eu jamais traíra a confiança de quem quer que fosse. Mas ele temia que seu povo e os antrustiões de sua guarda pessoal soubessem por algum falatório que a rainha me encarregara de ir a Reims buscar o bispo de Remi e levá-lo a Attigny; e que este, desde a sua chegada, hospedava-se na vila real e diariamente passava muito tempo com o rei dos francos. Clóvis, para o bispo, era apenas um catecúmeno, um pagão que aspirava ao batismo e devia aprender o que significava ser cristão, católico, crer na natureza ao mesmo tempo humana e divina de Cristo.

"Clóvis inclinou-se para mim e disse:

"— Ficarás calado, Parthenius. Serás mais silencioso que uma pedra; esta responsabilidade cairá sobre ti!

"Então eu me lembrei da machadada com que ele partiu o crânio do soldado que o desafiara, já fazia mais de dez anos.

"Ele me encarou com um olhar tão imperioso, tão carregado de violência e suspeita, que eu abaixei os olhos. E disse comigo mesmo que ele também podia partir minha cabeça ali, só para não ter de se interrogar sobre minha atitude.

"Saí daquela sala contrariado, esperando que Remi se apresentasse como avalista de minha discrição. Mas esse desejo de guardar segredo me fez pensar que Clóvis ainda hesitava, que pesava e sopesava, que se comportava antes como rei, mais zeloso de sua autoridade terrestre que de sua fé. E ele bem podia temer que os três mil soldados de sua guarda se rebelassem quando descobrissem que o rei renunciara a ser o descendente dos deuses pagãos, o representante sagrado de Wotan — deus da guerra —, o herdeiro de uma linhagem de soberanos de origem divina. Por que continuariam a obedecer-lhe se ele rejeitava sua herança e se convertia, tornando-se cristão?

Parthenius balançou as mãos como se avaliasse o peso de um objeto.

— Clóvis pesava e sopesava — repetiu. — E todas as noites, Remi me punha a par das perguntas, das dúvidas, das hesitações do soberano.

Clóvis repetia ao bispo: "— Eu te escutaria com prazer, santo padre, mas os homens que me seguem e obedecem às minhas ordens não querem abandonar seus deuses. Onde ficaria minha força se eles me deixassem ou, pior, se me combatessem? Sabes, Remi, quem se precipitaria imediatamente sobre tua cidade de Reims, sobre meu reino? Os reis hereges dos povos visigodo, burgúndio e ostrogodo. É isso que queres?

"Remi era um homem sensato que então já tinha mais de sessenta anos. Era bispo há aproximadamente quarenta anos, e olhava para Clóvis com uma benevolência paternal. Aos trinta e três anos, o rei dos francos ainda era um jovem e, para ele, Remi, não passava de um mortal que, como os outros, devia renascer pelo batismo.

"Remi respondia ao rei: — Os três mil soldados de tua guarda, tu tornarás cristãos, eles serão batizados contigo, mas, para isso, é preciso que queiras isso, que creias em Deus, no que Ele é: Cristo mortal, Deus imortal e Espírito Santo.

"O bispo pedia a Clóvis que repetisse o *Credo:* — Creio no verdadeiro Deus Pai Todo-Poderoso, criador do céu e da terra. Creio em Jesus Cristo seu único filho, gerado e não criado..."

Parthenius interrompe o relato por um momento, para rezar ajoelhado, os antebraços apoiados na borda da mesinha, mãos juntas.

— Clóvis — ele recomeça — não podia aceitar que Cristo tivesse sido crucificado. Ele se indignava nestes termos, segundo me contou Remi: — Quem é este Deus? Onde está Sua onipotência se Ele se deixa supliciar como um ladrão? Esse aí é um Deus criador do céu e da terra?

"Depois exclamava: — Ah, se eu estivesse lá com meus francos! Teria impedido que O ofendessem, que matassem esse Deus! Ou O teria vingado!"

Parthenius se levantou suspirando e percorreu a gruta para lá e para cá, sacudindo a cabeça como se revivesse com grande emoção os dias que passara em Attigny ouvindo, à noite, Remi relatar seus encontros com Clóvis e conjeturar sobre a decisão que o rei dos francos tomaria. Mas o rei a protelava todo dia para voltar ao ponto que o bispo acreditava definitivamente aceito: a natureza ao mesmo tempo humana e divina de Cristo, a morte e a ressurreição, a crucificação e a imortalidade...

— Remi inquietava-se com as tergiversações de Clóvis. Uma tarde, depois de rezar demoradamente, ele me confiou que o rei às vezes lhe parecia tentado pela heresia. Suas irmãs, Lantechilda e Audofleda, tinham abraçado a fé ariana...

Parthenius esboçou um gesto de desaprovação.

— Eu discordei dele. Clóvis pouco se importava com a religião das irmãs. Ele avaliava as crenças como rei. A heresia era a religião dos godos,

dos burgúndios, a que dominava na Burgúndia, na Aquitânia e na Itália, a que até os papas, em Roma, tratavam com cuidado. E, em Bizâncio, o imperador Anastácio demonstrava também complacência em relação a essa heresia que tornava Deus um ídolo e, portanto, os reis todo-poderosos feitos à imagem Dele eram seres de uma natureza diferente, de uma essência superior à do comum dos mortais. Ao passo que a natureza ao mesmo tempo humana e divina de Cristo resultava, ao contrário, em admitir que um rei não era Deus e sim homem, também mortal.

Parthenius voltou a se sentar.

— Nós rezávamos toda noite, Remi e eu, para que Deus viesse nos ajudar. Mas Ele, ao contrário, parecia querer dificultar ainda mais nossa tarefa. Mensageiros vindos de Roma relatavam que um antipapa tinha sido eleito e os católicos estavam divididos: uns, fiéis ao pontífice anterior, Simaco, condenavam os arianos; outros, seguindo o antipapa Lourenço, estavam prontos a reconhecer a heresia. Em quem acreditar?, perguntava Clóvis. É essa a religião de um Deus Todo-Poderoso?... Sem contar que também havia rumores que anunciavam o fim do mundo, a vinda do Anticristo, o reino do Demônio que, depois de sapientes cálculos, afirmavam começar no ano 500! Era preciso que o batismo de Clóvis se realizasse antes dessa data, de modo a tranqüilizar as massas que lamentavam e gritavam em desespero.

"Remi respondia: — É preciso que Deus venha em nossa ajuda. Se Ele quiser, nós batizaremos Clóvis em 25 de dezembro, e o povo verá que por esse ato é o reino de Nosso Senhor que vai continuar, e não o do Anticristo que vai começar!"

Parthenius se persignou.

— Eu duvidei e me arrependi — murmurou.

"Clóvis deixou Attigny com uma parte de sua guarda. Encontrei Remi e Clotilde na vila real. Soube que o bispo declarara ao rei que não podia lhe ensinar mais nada. Daí em diante, Clóvis devia escolher seu caminho sozinho e dirigir-se para o batismo se assim o desejasse. Era diretamente com Deus, sem a intermediação de um vigário Dele, nem de uma esposa cristã, que ele devia debater. Deus saberia esclarecê-lo e conduzi-lo ao batismo; ou então julgaria que ainda não era a hora.

"Remi lhe disse: — Então escolherás o que acreditas querer e o que as forças da sombra te impuserem por um tempo. Mas eu te encontrarei quando quiseres."

Ao cabo de um longo silêncio, o queixo encostado no peito, os olhos fechados, a respiração ruidosa como a de um homem que adormeceu subitamente, Parthenius teve um sobressalto.

Tive a impressão de que ele me reencontrava, reconhecendo de repente o lugar em que se achava: na gruta da falésia de Marmoutier, e não na vila real em Attigny, tampouco em Reims, no palácio real, em cima da porta Basée, perto da igreja de São Pedro, onde Clóvis se instalara na volta da peregrinação a Tours.

— Pois foi no túmulo de Martinho que o rei cedeu — continuou Parthenius. — Assim era Clóvis: ele queria ver por si mesmo qual era a força dessa religião, das relíquias dos santos, a influência que ela exercia sobre os povos. Na basílica, ele viu que os possessos que chegavam com os membros retorcidos, a baba nos lábios, eram curados apenas tocando o túmulo de Martinho. Viu os peregrinos que chegavam de toda a Gália, da Itália e de mais longe ainda, desafiando a autoridade e a fé de seus soberanos arianos para virem se ajoelhar diante da basílica dedicada a Martinho.

"A cidade de Tours ainda estava nas mãos dos visigodos, mas Clóvis só precisou atravessar o Loire para ir lá; depois da vitória contra os alamanos, ele já era um soberano poderoso demais para que o rei Alarico lhe interditasse o acesso a essa peregrinação.

"Dizem que Clóvis se ajoelhou, fiel entre os humildes fiéis, e que, ao lado dele, os soldados de sua guarda, os antrustiões, também abaixaram a cabeça, também dobraram os joelhos, rodeados por um multidão que, durante meses e meses de viagem, enfrentara todos os perigos para chegar até o túmulo desse homem santo, morto, mas imortal.

"Depois que o rei saiu da basílica, os antrustiões o interpelaram: juraram-lhe que estariam prontos a segui-lo e imitá-lo, a abandonar seus deuses mortais e seus ídolos se, ele, Clóvis, tomasse como senhor esse Deus eterno capaz de reunir milhares de fiéis peregrinos em torno do túmulo de um Seu seguidor, demonstrando assim infinito poder. Todos desejavam ser batizados com ele."

Parthenius abriu os braços.

— Assim Clóvis obteve em Tours as respostas que procurava: seus soldados lhe continuariam fiéis se ele escolhesse a religião nova, e ela arrebatava os povos.

"Por que ele recusaria ou retardaria o batismo, visto que esse Deus possuía tanto poder?

"Dirigiu-se, pois, para Reims, onde receberia o sacramento das mãos de Remi, em 25 de dezembro de 499."

DEZENOVE

— Se você tivesse assistido ao batizado de Clóvis, nunca mais esqueceria o dia 25 de dezembro de 499 — começou Parthenius.

Em pé diante da gruta, braços cruzados, a fronte erguida, ele parecia olhar para o horizonte aquela hora tingido de vermelho, mas ele estava de olhos fechados.

Quando me aproximei, depois de ouvi-lo repetir com voz apaixonada, trêmula, velada de emoção: "Nunca mais você esqueceria!", ele ficou impassível como se não quisesse perder nada de uma cena grandiosa e fascinante que se desenrolasse diante dele.

— Naquele dia, você não teria reconhecido Reims — continuou. — De manhã cedo eu percorri a cidade, naquele 25 de dezembro, e fui da porta de Ceres à porta de Marte, da porta dos Ferrons à porta Basée. Em todo canto, em cada rua e em torno do Fórum, e em cada igreja e nos adros, na Santa Maria, na São Pedro, na São Nicácio, na São João e diante dos santuários erguidos além da porta Basée, ao longo da via Cesárea que atravessa a cidade, a multidão se comprimia. Imagine padres, monges, os três mil antrustiões carregando seus gládios, suas *francisques*, suas lanças, e os camponeses vindos das margens do rio Vesle, todos lá, na expectativa da chegada do cortejo real que seria aberto por Remi e pelos bispos chegados há alguns dias de outras grandes cidades da Gália.

Parthenius deu um passo à frente na plataforma como para se aproximar do que estava vendo.

— Era uma multidão, era um rumor de milhares de passos nas pedras do chão e os milhares de corpos a se esbarrarem, a sussurrarem. E, no entanto, a cidade inteira parecia uma imensa nave: nenhuma voz se elevava, todos estavam tocados pela solenidade do momento. A própria cidade mudara de fisionomia. Atravessando as ruas, grandes panos bordados foram estendidos, embora, na penumbra, acreditássemos estar realmente no interior de uma basílica. As fachadas foram cobertas de tapeçarias, as igrejas adornadas de cortinas brancas e centenas de círios ardiam no adro das naves, irisando com sua luz os vapores de incenso. Defumadores acesos em todas as ruas exalavam uma névoa perfumada que parecia abafar os ruídos. Quando de repente...

Parthenius abre os braços.

— ... Eles surgem em meio às aclamações. O cortejo deixara o palácio real, acima de porta Basée. Dirigia-se em passos solenes para a catedral de Notre-Dame. Era um novo mundo que nascia nesse dia do aniversário de Cristo, quando Clóvis, rei dos francos, Clóvis, o pagão, ia entrar na água do batistério, nu, e ressurgir cristão, rei católico em torno do qual se reuniriam — era essa a esperança dos bispos, de Genoveva, de Clotilde e do próprio soberano — todos os povos da Gália. Nele, a água batismal ia apagar todas as impurezas, todo vestígio da velha lepra do pecado.

* * *

Parthenius apoiou-se nas pedras que fechavam a plataforma.

— À frente do cortejo vinha a cruz, seguida pelos monges que carregavam os livros sagrados, depois Clóvis cuja mão o bispo segurava e, perto dele, os bispos das outras cidades.

"Eu observei Clóvis. Seu rosto parecia talhado em mármore branco. Ele conservara a longa barba e os cabelos cacheados, símbolos pagãos de seu poder real.

"Atrás dele, vinha Clotilde, um longo véu azul guarnecia-lhe a testa e escondia um pouco seus cabelos louros, cobrindo-lhe os ombros e a túnica branca.

"Era seguida por Thierry, o filho mais velho do rei, nascido de uma concubina, e pelos seus próprios filhos: Clodomir, Childeberto, Clotário e Clotilde, depois vinham as princesas irmãs do rei: Lantechilda e Albofleda. Lantechilda resolvera renunciar à heresia ariana e entrar para a verdadeira fé ao mesmo tempo que o irmão. Albofleda ainda era pagã, mas, como Clóvis, também seria batizada nesse 25 de dezembro de 499.

"Atrás daquela cruz, daqueles monges, daquele rei, daqueles bispos, daquela esposa, daquelas princesas, daquelas crianças, marchavam três mil soldados, os antrustiões da guarda, que também seriam batizados.

"Cânticos e hinos se elevavam num grande coro ininterrupto por toda a cidade de Reims."

Parthenius parou de falar e abaixou a cabeça, encostando o queixo no peito, como se quisesse ouvir melhor os cantos que vinham do passado.

— Vi Clóvis se preparar para descer os degraus do batistério. Ele estava nu, mas ainda usava os colares que eram talismãs pagãos. Ouvi quando ele declarou com voz firme que solicitava o batismo ao bispo. Remi perguntou-lhe então se ele renunciava a Satã, se acreditava na Santíssima Trindade, se denunciava a heresia dos visigodos, dos burgúndios e dos ostrogodos, se escolhia ser católico e não ariano.

"A cada vez, a voz de Clóvis ressoava mais alto.

"Depois ouvi a voz de Remi ritmar cada palavra: "Depõe humildemente teus colares, orgulhoso sicambro, adora o que queimaste, queima o que adoraste!"

"Então Clóvis desceu os degraus do batistério. Recebeu a imersão três vezes, em nome do Pai, do Filho e do Espírito Santo.

"Quando ele retornou, batizado, Remi o confirmou.

"Clóvis verdadeiramente depusera os colares e vestira a túnica branca dos novos crentes.

"Depois dele, suas irmãs, em seguida os três mil antrustiões receberam por sua vez o batismo, esses últimos por aspersão."

Virado para mim, Parthenius enfim abriu os olhos.

— Um outro mundo nascera naquele 25 de dezembro de 499 — anunciou solenemente. — Se tivesses visto os três mil guerreiros vestidos com suas vestes brancas, ajoelhados na nave da igreja de Notre-Dame, terias experimentado, como eu, um sentimento de plenitude, de força e de alegria.

"Como Genoveva e Remi me anunciaram, Deus realizara Seu desígnio: Clóvis tornara-se o rei católico de um povo franco.

"Dizem — mas eu não vi — que, naquele 25 de dezembro, no momento do batizado, uma pomba levou a Remi o santo óleo, o santo ungüento com que ele deveria marcar o corpo de Clóvis e o de Albofleda, a irmã pagã. A multidão era tão compacta que o monge encarregado de levar o santo óleo não conseguiu chegar ao batistério; então uma pomba pegou o frasco e voou sob as abóbadas até Remi.

Parthenius sacudiu a cabeça.

— Eu não vi a pomba — repetiu —, mas aquele foi realmente o dia do milagre!

"Clóvis, o mais prudente dos reis, o que pesava e sopesava cada um de seus atos, que hesitou por mais de três anos depois do juramento de Tolbiac e ainda levou mais de um ano da peregrinação a Tours, em 11 de novembro de 498, dia do aniversário da inumação de Martinho, até a cerimônia do batismo, Clóvis, finalmente, escolheu ser católico!

"Saiba que essa notícia correu de um lado a outro da Gália, mais depressa que um raio.

"Foi ouvida em Ravena por Teodorico, o Grande, rei dos ostrogodos, em Bizâncio pelo imperador Anastácio, em Toulouse por Alarico, o visigodo, em Vienne por Gondebaldo, o rei burgúndio.

"Todos compreenderam que nascia uma nação católica e que, a partir daí, o campo da heresia ariana estava fechado. Que a má semente da heresia não poderia mais crescer. Que o povo dos francos estava reunido sob a fé de seu rei.

"Assim, depois de vencidos os alamanos com a ajuda de Deus, pagãos e arianos foram derrotados, e a aliança entre Clóvis e Deus, entre os francos e a Igreja, estava consagrada."

Parthenius se persignou.

— Naquele 25 de dezembro de 499, nascia um mundo novo — repetiu com ardor.

VINTE

— Ainda quero ler duas cartas para você — disse-me Parthenius, remexendo numa abertura na parede que eu ainda não havia notado.

Ele enfiou os braços numa fenda que ficava em cima do catre e retirou um volume encadernado em couro escuro. Colocou-o em cima da mesinha e acenou-me para aproximar a vela.

Abriu o volume, e a chama iluminou as folhas de pergaminho cobertas com uma escrita cerrada traçando linhas negras e sinuosas. Tal como fizera com os manuscritos da biblioteca do monastério, ele passou as palmas das mãos sobre o pergaminho como se quisesse acariciá-lo, deslizando os dedos devagar como para impregnar a pele do texto que leu primeiro em voz baixa, mexendo os lábios imperceptivelmente, de modo que só ouvi um murmúrio indistinto.

Depois ele ergueu os olhos.

— Eu já lhe falei de Avito. Ele era o bispo de Vienne. Fora eleito para a chefia do bispado em 494 e, embora católico, aceito por Gondebaldo, o rei dos burgúndios.

Parthenius alçou os ombros e explicou que de fato Gondebaldo era um herege ariano, mas era também rei e, portanto, devia levar em conta a força que esse bispo representava.

— Em Vienne e nos arredores da cidade, em todo o vale do Ródano e em outras regiões do reino burgúndio, os católicos eram numerosos e não teriam admitido que o expulsassem. Esse Avito, um galo-romano, homem de saber, santo, mas também esperto, tentava convencer Gondebaldo de que era de seu interesse, como soberano, tornar-se católico e seguir o exemplo de Clóvis. Mas Gondebaldo temia a reação de Teodorico, o Grande. O rei ostrogodo, também ariano, iria tolerar a conversão de Gondebaldo?

Parthenius virou as páginas do manuscrito.

— Gondebaldo sabia que Teodorico celebrara em Roma o triunfo de seus trinta anos de reinado, para afirmar sua preeminência e a vitalidade da confissão ariana.

Parthenius alçou os ombros outra vez.

— Mas tratava-se de uma festa pagã, com jogos circenses oferecidos aos romanos, distribuição de trigo e vinho, e desfiles com Teodorico entrando no Palatino como um imperador, o pontífice de sua religião. O rei ostrogodo não compreendera que não podia sufocar dessa maneira a repercussão do batizado ocorrido em Reims. Seu triunfo era o triunfo de um mundo antigo que começava a ser substituído pelo novo mundo advindo com o batismo de Clóvis. Mas...

Parthenius levantou a mão.

— ... mas, se Gondebaldo impediu Avito de comparecer à cerimônia de Reims como os outros bispos, ele não ousou, prudente que era, impedi-lo de enviar uma mensagem a Clóvis.

* * *

Parthenius recuou, apertou as pálpebras e pôs-se a decifrar o que Avito escrevera:

— Não pude assistir pessoalmente à vossa gloriosa regeneração. Mas participei de vossas alegrias. A noite santa nos encontrou cheios de confiança e certeza do que fareis. Víamos com os olhos do espírito esse espetáculo: uma multidão de bispos reunidos em vosso redor e, com o fervor do santo ministério, despejar as águas da ressurreição sobre vossos membros reais; vossa cabeça temida pelos povos, curvar-se à voz dos sacerdotes de Deus; vossa cabeleira real, intacta sob o capacete do guerreiro, cobrir-se com o benéfico capacete da santa unção; vosso peito sem mácula despido da couraça, brilhando com a mesma alvura de vossa veste de catecúmeno. Não duvideis, rei poderoso, doravante essa veste tão macia dará mais força às vossas armas; tudo que agora devíeis a uma boa sorte, vós o devereis à santidade de vosso batismo.

Parthenius interrompeu a leitura.

— Avito era corajoso — começou ele. — Escrevia isso quando estava no meio do reino burgúndio. Mais adiante, ele vai se mostrar mais audacioso ainda ao condenar os que ele chama os "sectários da heresia", ao felicitar Clóvis por ter conservado "de sua antiga genealogia somente a nobreza". Assim ele saúda o rei que ousou rejeitar as tradições pagãs de sua raça e até o respeito devido ao culto de seus ancestrais. E ele demonstra seu desprezo pelos soberanos, como Gondebaldo, que preferem um "escrúpulo excessivo em vez da salvação" e continuam incrédulos:

Vós, vós seguis as pegadas de vossos ancestrais ao governar aqui embaixo, vós abris o caminho a vossos descendentes ao querer reinar no céu... A Providência divina descobriu o arbítrio de nosso tempo. A escolha que fizestes para vós mesmos é uma sentença que proferistes para todos. Vossa fé é nossa vitória.

Parthenius levantou a cabeça e fechou os olhos.

— Vossa fé é nossa vitória! — repetiu.

* * *

Depois, o ancião seguiu com os dedos as linhas do pergaminho, em busca, segundo ele, de uma passagem — talvez a conclusão dessa carta? — em que Avito exortava Clóvis a levar a palavra de Deus a outros povos.

— Clóvis, pela graça de Deus, pelo batismo, tornou-se o rei evangelizador! — exclamou. — Ouça e avalie ainda a coragem de Avito ao escrever essas linhas de Vienne:

Visto que Deus, graças a vós, fará de vosso povo inteiramente o Dele, pois bem, ofertai uma parte do tesouro de fé que enche vosso coração a esses povos distanciados de vós e que, vivendo em natural ignorância, ainda não foram corrompidos pelas doutrinas perversas: não temeis enviar-lhes delegações e defender junto a eles a causa do Deus que tanto fez pelo vosso!

Parthenius leu o texto em tom cada vez mais alto e pronunciou as últimas palavras como um pregador. Depois, recobrou o fôlego por um bom tempo.

— Avito vê longe — murmurou. — Naquele 25 de dezembro de 499, ele disse a Clóvis: "Vós nascestes para Cristo como Cristo para o mundo!"

"São realmente novos tempos que se iniciam."

As mãos ainda espalmadas sobre o pergaminho, Parthenius medita.

— Deus é exigente — limitou-se a acrescentar após um longo silêncio.

Virou algumas páginas e balançou a cabeça quando encontrou frases que pareceu reconhecer.

— Talvez você ache que sucumbo ao pecado do orgulho. Mas agora quero ler o que Remi escreveu a Clóvis. É a décima segunda carta da qual lhe falei.

Ele pigarreou como se estivesse constrangido e leu:

— *Saudando vossa glória, eu vos recomendo também o padre Parthenius, que faz parte de meu círculo e que vos envio...*

Essa talvez tenha sido a primeira vez que ele sorriu ao descobrir meu espanto.

— Remi de fato me encarregara de uma carta que ele endereçava "Ao Senhor ilustre por seus méritos, o rei Clóvis". Pois Albofleda, logo depois de batizada, veio a falecer. Eu lhe disse, nosso Deus é exigente, Suas decisões são cheias de mistério. E Remi temia que Clóvis ficasse muito ressentido com esse súbito passamento. De fato, assim que vi o rei, percebi, apesar da sua impassibilidade, que estava ferido. O ricto nos cantos de sua boca expressava amargura, tristeza, raiva mesmo. Com um gesto, ele me deteve no momento em que eu ia lhe entregar a carta de Remi e me pediu que a lesse para ele. Comecei dizendo-lhe que Remi se desculpava por não ter vindo pessoalmente, mas estava pronto a fazê-lo. Se o rei o desejasse, ele enfrentaria as agruras do inverno, mas queria que o rei recebesse suas exortações o mais depressa possível.

Clóvis disse mal movendo os lábios: "Lê, lê!"

O tom era áspero, quase ameaçador. Li, pois, a primeira frase que Remi escrevera:

Eu próprio estou arrasado pela dor que vos causa a morte de vossa irmã Albofleda, de gloriosa memória...

Parthenius parecia lembrar-se de cada frase, mal acompanhando com os olhos o texto manuscrito:

— ... *Mas temos com que nos consolar. A que acaba de deixar esta vida merece ser invejada mais do que chorada. O Senhor a tomou para junto de Si, e ela foi se juntar aos eleitos no céu. Ela vive para nossa fé cristã, agora ela recebeu de Cristo a recompensa das virgens... Expulsai, pois, a tristeza de vosso coração, Senhor, e dominai as emoções de vossa alma...*

Parthenius parou de ler.

— Eu me lembro — diz ele — do rosto de Clóvis. Eu havia decorado o texto da carta; portanto, podia recitá-la olhando para o rei, e via os lampejos de violência brilharem em seus olhos. Tive mesmo a impressão de que ele agarrava os dois braços do trono de madeira esculpida para se impedir de saltar sobre mim, talvez até de me partir a cabeça com uma machadada. Temi que a provação que o Senhor lhe infligira fosse dura demais e que, de repente, o pagão que havia nele voltasse à tona reivindicativo para cobrar da Igreja a morte de Albofleda, ferindo minha pessoa. Recitei depressa, portanto, para chegar às frases que, pensava eu, podiam ser um bálsamo em sua ferida. O mais impostado que podia, eu encadeei:

Tendes de governar com sabedoria e inspirar-vos em pensamentos que estejam à altura desse grande dever. Sois a cabeça dos povos e a alma do governo: eles não devem vos ver chorar de amargura e de dor, eles que estão habituados a vos dever toda felicidade. Sede vós mesmo, pois, o consolador de vossa alma: zelai para que ela não deixe o vigor ser levado pelo excesso da tristeza. Crede firmemente, o Rei dos céus se regozija com a partida daquela que nos deixou para assumir seu lugar no coro das virgens.

Parthenius acrescentou:

— Foi quando eu disse: "Vós sois a cabeça dos povos e a alma do governo" que Clóvis afrouxou os dedos até então crispados nos braços do trono e eu soube que minha vida estaria salva.

Parthenius levantou-se e suspirou:

— E Deus, apesar de minhas preces, preservou-a até hoje.

SÉTIMA PARTE

VINTE E UM

— Um rei... — murmurou Parthenius, com o rosto tão perto do meu que senti na face o sopro de sua respiração.

Em seguida, ele recuou depressa como se temesse fazer uma confidência sem querer.

Querendo incitá-lo a prosseguir, eu repeti:

— Um rei? Clóvis?

Ele murmurou algumas palavras imperceptíveis e pegou o manuscrito, parecendo ter dificuldade de levantá-lo da mesinha.

Aproximei-me para ajudá-lo, mas ele me afastou empurrando meu ombro, e a facilidade com que, de repente, enfiou o volume encadernado na fenda da parede me deixou estupefato.

Ele se sentou na beira do catre e eu me instalei no tamborete, diante dele.

Lembro-me de que ouvíamos o vento uivar no vale, inclinando as gramíneas, vergando as árvores num gemido que subia pungente. Às vezes o baque de um galho quebrado ou de um tronco arrancado invadia a gruta, e ao mesmo tempo o pano que fechava a entrada batia.

— Que rei? — perguntei de novo. — Clóvis?

Parthenius me analisou por algum tempo.

— Um rei — continuou com o rosto subitamente endurecido, o queixo projetado, os maxilares cerrados —, seja ele pagão, ariano ou cristão...

Parou como se não ousasse ir além dessa última palavra.

— Mesmo que seja cristão — repetiu em voz forte —, um rei não chora muito tempo a não ser pela perda de seu exército ou de seu reino.

Parthenius estendeu o braço para a fenda da rocha como se quisesse retomar o manuscrito, mas contentou-se em pôr os dedos da mão esquerda na beirada inferior da estreita cavidade.

— Remi — recomeçou ele, duas finas rugas circundando-lhe a boca — havia escrito isto a Clóvis:

Não, não chore, a alma de Albofleda consagrada ao Senhor resplandece sob os olhares de Deus na flor de sua virgindade e traz a coroa reservada às almas imaculadas.

Ele sacudiu os ombros em pequenos golpes nervosos como para representar uma denegação irritada.

— Mas o que Clóvis entendeu, principalmente, é que, antes de tudo, por intermédio de um bispo, a Igreja influente lhe dizia: "Vós sois a cabeça dos povos e a alma do governo"! Por que ele haveria de se lamentar mais tempo pela morte de sua irmã? Ela não levava consigo nenhuma parte do reino nem soldados da guarda e, visto que o Senhor a acolhia junto Dele, segundo Remi, e ela se fora juntar aos eleitos no céu onde vivia para sua fé cristã, por que chorar?

Parthenius abaixou a cabeça.

— Observando Clóvis nos dias que se seguiram a minha chegada a Soissons como portador da carta de Remi, até me perguntei se o rei não encontrava na morte de Albofleda a confirmação do que lhe haviam dito Remi, Vaast, Avito, Genoveva e Clotilde: que ele fora escolhido por Deus para ser efetivamente o soberano católico de todos os povos da Gália.

Com a mão esquerda espalmada em minha boca, Parthenius me impediu de interrogá-lo.

Eu queria perguntar o que ele, sacerdote, ligado a Genoveva e a Remi, e testemunha das ações de Clóvis desde que o jovem rei ascendeu ao trono, pensara então e pensava agora com o passar do tempo.

Mas, como se tivesse pressentido minha pergunta, Parthenius murmurou que se proibira de julgar os homens, contentando-se em executar as missões que os bispos lhe confiaram. E foi assim, segundo acrescentou, que fora a Arras em companhia de Vaast, o nobre franco que se tornara eremita a quem Clóvis visitara em Toul após a batalha de Tolbiac.

— Vaast, o eremita, o sábio — explicou Parthenius —, fora, como Remi e Clotilde, um dos que prepararam Clóvis para o batismo. Vaast ensinara-lhe os princípios e os mistérios de nossa fé. E Remi, a pedido de Clóvis, nomeara-o bispo de Arras.

Com uma voz cheia de vida, Parthenius fez, de pé, o relato de sua chegada a Arras, cidade franca que os hunos de Átila haviam destruído e, uns cinqüenta anos depois, não passava de um campo de ruínas.

Entre os vestígios e os escombros do anfiteatro romano viviam os francos que adoravam os ídolos, ignorando que seu rei se tornara cristão. Encontravam-se aqui e ali indícios de sacrifícios humanos, corpos mutilados, sangue seco, cavalos e touros degolados.

— Quando entramos na catedral — prosseguiu Parthenius —, estacamos diante do cheiro de esterco. Animais estavam deitados, espalhando seus excrementos, sarças nos impediam de avançar e, atrás dos destroços do altar, vimos um vulto marrom levantar-se e avançar cambaleando em nossa direção.

Parthenius sacudiu a cabeça.

— Era um urso, com as garras todas de fora, que nossa presença incomodava e do qual nos desviamos, depois o expulsamos com uma vara para fora da igreja onde não encontramos vivalma.

Parthenius levantou os braços.

— Assim era o país dos francos depois do batismo de Clóvis. Avalie quanto esforço para evangelizá-lo!

Parthenius enfiou novamente o antebraço na brecha, retirou o manuscrito e aproximando-o da vela virou as páginas.

— Quando percorri as ruínas de Arras e vi esses pagãos tão apegados a seus ídolos, a suas cerimônias bárbaras, cruéis e sangrentas, pensei que levaria muito tempo para a fé penetrar suas almas e que a vida de Clóvis não seria suficiente.

Ele pôs a mão sobre um dos pergaminhos.

— No entanto, aqui está o que se escreveria alguns anos mais tarde:

Viva o Cristo que ama os francos, que cumula seus chefes da luz de Sua graça, que protege seu exército, que lhes consente a energia da fé, que lhes concede, por Sua clemência, Ele o Senhor dos Senhores, as alegrias da paz e dias plenos de felicidade! Pois esta é a nação que, brava e valorosa, sacudiu de seus ombros o jugo duríssimo dos romanos e estes são os francos que, depois de professarem a fé e receberem o batismo, guardaram em relicários de ouro e pedras preciosas os corpos dos santos mártires que os romanos queimaram pelo fogo, mutilaram pelo ferro e entregaram aos dentes das bestas-feras!

Parthenius fecha o volume, acrescentando que esse texto, cujo autor era um poeta desconhecido, dá a dimensão do sucesso de Clóvis e de seus sucessores, mas, no ano 500, o povo franco parecia bastante só, comparado aos soberanos arianos, e ainda não chegara o tempo de construir basílicas para abrigar os sarcófagos com os corpos dos mártires.

— Depois do batismo, Clóvis tinha apenas uma única aliada, a Igreja, e os que a representavam, Remi, Avito e as mulheres tão resolutamente cristãs: Clotilde, sua esposa, e Genoveva, que governava Paris.

Parthenius esperou passar uma borrasca de vento acompanhada de trovões e do gemido pungente das árvores para me dizer a que ponto Paris atraía Clóvis.

Genoveva o incentivara a se transferir para lá. Vindo de Soissons, Clóvis chegou a Paris pelo vale do Sena e foi morar na margem esquerda, em frente à ilha de la Cité, onde se estendiam, imensas, as termas romanas, o palácio em que moravam os imperadores ou seus representantes. Ele subiu o *cardo*, a grande via que cruzava a ilha de la Cité de norte a sul, atravessava o Sena e ia até Orléans.

— Lutécia, Paris... — murmurou Parthenius — era uma cidade onde os cristãos, graças a Genoveva, eram numerosos. Eles se reuniam na basílica que Genoveva mandara construir na margem direita para abrigar o corpo de são Denis. Mas Genoveva também levou Clóvis e Clotilde até o cume das colinas que dominavam o vale do Sena, cujas encostas, na época, eram cobertas de vinhedos e onde brotavam até figueiras. Foi ali que, um dia, o rei e a rainha disseram que eles também queriam erguer uma basílica.

Parthenius dirigiu-se outra vez para a saída da gruta.

O pano se agitava. Ele o levantou. O vento entrou assoviando.

Ele se arqueou para se defender da poeira e saiu para a plataforma onde fui encontrá-lo.

Era a tempestade: clarões amarelos e azuis fendiam o horizonte. Tudo era gemido e estrondo, roncos e assovios.

— A guerra — rosnou Parthenius.

Estava agarrado às rochas.

— Os homens e os deuses fazem a guerra — repetiu ele, e logo o ronco do trovão encobriu sua voz.

VINTE E DOIS

Em pé diante da gruta, Parthenius estendeu o braço para o horizonte que a tempestade continuava a rasgar. No vale, o vento amainara.

— Pense no raio quando ouvir o trovão — murmurou ele, enquanto o fragor avançava do céu em nossa direção como uma avalanche.

Ele se debruçou nas pedras como para ouvir melhor, depois se virou para mim:

— Mas nós só vemos um, ou só ouvimos o outro.

Levantou a cabeça e contemplou as nuvens agora paradas em cima de nós.

— Surdo ou cego, assim é o homem — acrescentou.

Continuou ali por um longo momento e só voltou para a gruta quando uma chuva fina e vertical começou a cair.

* * *

Ele se deitou no catre, acenando-me para deixar levantado o pano que fechava a entrada da gruta.

Parecia que ele queria ouvir as batidas da chuva nas pedras, as trepidações dos céus durante algum tempo após o vivo clarão do raio.

Depois fechou os olhos e pensei que ele queria dormir.

Mas, no exato momento em que eu me levantava para voltar ao monastério, ele gritou com uma voz estridente, quase brincalhona, que não me falara bastante de Clotilde e afinal se comportara como o ignorante que não vê o raio e só ouve o trovão.

— O raio — recomeçou ele se soerguendo com o cotovelo dobrado, o rosto apoiado na mão fechada —, o raio era Clotilde, Clóvis era apenas o trovão. Sem ela, teria ele existido? Um não acontece sem o outro, já lhe disse. Sem o raio para iluminar o céu, é o silêncio.

Ele sacudiu a cabeça como se acabasse de convencer a si mesmo.

— Clóvis dava grande machadadas, partia as cabeças nos campos de batalha, mas Clotilde era a vontade que animava o braço dele.

Parthenius se levantou e depois, sentado na beira do catre, me convidou a ocupar meu lugar no tamborete, como de costume.

— Clotilde quis batizar os filhos como uma rainha e uma mulher germânica que age a seu arbítrio. Quando Clóvis finalmente se tornou cristão, ela o instigou, a exemplo de Avito, de Vaast, de Remi e Genoveva, a ampliar seu reino para que os povos submetidos fossem tirados dos ídolos e da heresia.

Parthenius suspirou.

— As mulheres, creio eu, têm memória mais longa que os homens. Clotilde lembrava-se de que seu pai, Chilperico, havia sido degolado, e sua mãe, Caritina, afogada pelo rei burgúndio. Eu a ouvi maldizer Gondebaldo, até se irritar com Avito, o bispo de Vienne, que adulava espertamente Gondebaldo na esperança de convertê-lo. Avito elogiava o interesse do rei burgúndio pelos autores gregos e latinos, conversava freqüentemente com ele nas duas línguas, felicitando-o por lhe ter confiado a educação dos filhos Sigismundo e Godomar que o bispo tornara cristãos batizados na verdadeira fé. Mas Clotilde não dava a menor importância à manobra sutil de Avito, à esperteza de Gondebaldo, que, tão ariano quanto Teodorico, o Grande, dava a entender ao bispo que pensava em se converter à fé católica.

Parthenius voltou a percorrer a gruta a passos largos, e eu sabia que isso significava que ele ainda ia falar por uma boa parte da noite como se cada passo puxasse uma nova frase.

— Clotilde era uma mulher germânica — repetiu ele quase com entusiasmo. — Era reta de alma e corpo. Queria que Gondebaldo, o assassino, fosse castigado e empenhou-se até que Clóvis decidiu se aliar a Godegisel, irmão do rei burgúndio, aquele mesmo que outrora acolhera, em Genebra, Crona e Clotilde, as duas meninas cujos pais Gondebaldo havia massacrado. Depois disso, Crona fundou o monastério de Saint-Victor, e Clotilde se tornou a rainha católica dos francos, povo que também se converteu a partir do batismo do rei. Como Clotilde não haveria de querer aniquilar Gondebaldo, o burgúndio, no momento em que ele pretendia destronar e degolar Godegisel?

Sempre andando para lá e para cá na gruta, Parthenius abriu os braços.

— De modo que veio o raio, Clotilde, depois o trovão: Clóvis entrou com seu exército no reino burgúndio, juntou-se aos soldados de Godegisel sob as altas muralhas de Dijon, e as duas tropas combateram a de Gondebaldo, enquanto a população da cidade, reunida nos caminhos de ronda, assistia à batalha, via rolarem as cabeças cortadas a machadadas e logo Gondebaldo fugir a cavalo para o Sul, perseguido por Clóvis e Godegisel até Avignon onde se encerrou na fortaleza que dominava o Ródano.

Parthenius parou diante da entrada da gruta. Calou-se, e eu ouvi o som longínquo da trovoada juntamente com o barulho da chuva.

— Era a primeira vez que Clóvis via o sol dourado do Sul. Quando voltou a Soissons, eu o ouvi falar do vinho daquela região, de um vermelho quase negro, espesso, que envolvia a cabeça num círculo de calor, mas um vinho tão perfumado que o rei relutou em sair desse país para retornar ao seu, deixando cinco mil soldados com Godegisel.

"Enquanto Clóvis falava, Clotilde se ajoelhou, murmurando que era preciso conseguir a rendição de Gondebaldo porque, quando se apanha uma cobra, deve-se cortar-lhe a cabeça imediatamente, senão ela desliza para fora do saco e morde você no calcanhar, instilando o veneno. Então, quem se considerava vencedor sucumbe...

Parthenius volta-se em minha direção.

— De fato, Gondebaldo era uma víbora, e Godegisel bebera demais o vinho do Sul. Ele levantara o cerco a Avignon e se apossara de Vienne, a capital de Gondebaldo. Inebriado com essa vitória, orgulhoso de percorrer as ruas da cidade, imaginava que essa conquista o tornaria rei dos burgúndios.

"Uma manhã, de repente, sons de címbalos, gritos, o entrechoque das armas nos escudos o despertam da embriaguez!

"O exército de Gondebaldo estava no pé dos muros de Vienne. Mantinha a cidade entre tenazes de ferro. Mais tarde, fugitivos contaram a Clotilde como Godegisel expulsara toda a população da cidade, pois já não havia grãos nem água para sustentá-la. Ele pretendia ficar na cidade somente com os guerreiros. Do alto das fortificações, viram as mulheres, os velhos e as crianças errarem como cachorros perdidos entre as muralhas de Vienne e os machados dos soldados de Gondebaldo. Depois, desistiram de pedir socorro, de implorar piedade, e se deitaram no chão para morrer.

Parthenius inclinou-se para mim.

— Aquele que acredita agir com sabedoria porque se mostra impiedoso e esquece os sentimentos do coração, Deus vai puni-lo por onde ele pecou!

Parou de falar por um instante, depois recomeçou:

— Indignado com a sorte destinada aos habitantes da cidade, um homem sugeriu a Gondebaldo que seria possível infiltrar-se na cidade pelo aqueduto, que era só confiarem nele: ele conhecia todos os labirintos que outrora ele mesmo construíra. Sabia que pedra devia ser levantada para sair nas ruas de Vienne, por trás das muralhas em cima das quais os homens de Godegisel estavam reunidos e longe deles.

"Assim, Gondebaldo e os seus reconquistaram a cidade: grande massacre, rios de sangue cobrindo as pedras do calçamento, Godegisel degolado pelo irmão Gondebaldo, na igreja de Vienne, e todos os seus familiares supliciados, martirizados, esquartejados, queimados, estripados, esfolados...

Empertigando-se, Parthenius voltou a andar.

— Mas, como eu lhe disse, Gondebaldo era um soberano esperto, cheio de duplicidade. Ele não tocou num fio de cabelo dos soldados de Clóvis, que se tinham fechado numa torre, mandou-os, porém, para o exílio em Toulouse, terra dos visigodos de Alarico. Não era a prova de que desejava a paz? O sangue ainda não secara nas ruas de Vienne, e ele já explicava ao bispo Avito que ia promulgar uma lei com seu nome, a *Gundobata lex*, que trataria com eqüidade os súditos do reino, fossem burgúndios ou galo-romanos. E Avito lhe agradeceu, sempre na esperança de que o rei se convertesse à verdadeira fé. Chegou até a felicitar Gondebaldo nestes termos: "Todos os vossos danos tornaram-se lucros; o que fazia rolar nossas lágrimas nos regozija agora!"

Parthenius foi-se deitar em seu catre, e acenou pedindo-me que apagasse a vela e abaixasse a cortina.

Só ouvíamos a trovoada, mas, de vez em quando, o raio voltava a iluminar o horizonte.

— Clóvis encontrou Alarico, o rei dos visigodos, aqui perto — murmurou Parthenius —, num barco parado no meio do Loire, exatamente como fizera antes com Gondebaldo no meio do Cure. Estava em paz, portanto, com os dois reis arianos.

"Alarico devolveu-lhe os cinco mil soldados exilados por Gondebaldo, que até pagou um tributo a Clóvis e deu duas cidades a Alarico, Avignon e Gigne, pelo apoio que recebera dos visigodos. Pois aquele que não o ataca quando você é atacado é um aliado!

Parthenius fechou os olhos.

— Eu ouvi Clotilde dizer entre suas preces que ela escutara o grande barulho da guerra, mas não vira a colheita...

O ancião virou-se para a parede, murmurando várias palavras que eu não compreendi, e depois repetiu:

— O raio, o raio é a luz de Deus!

VINTE E TRÊS

Era a manhã seguinte ao dia da tempestade e da ventania, e da noite de chuva que se seguiu.

Parthenius quis caminhar pela margem do Loire, na luz de um sol cinzento que nascia rasgando pouco a pouco a bruma persistente. A cada passo que dávamos, parecia-me que arrancávamos um suspiro da terra encharcada.

De repente, Parthenius estancou e, com cabeça enfiada nos ombros, aproximou-se de um espinheiro e se ajoelhou diante dele.

Eu me dirigi para esse emaranhado de galhos vergados, de folhas reluzentes carregadas de gotículas, e vi que ele afastava os ramos espinhosos que se agarravam em sua túnica.

De mãos postas, ele se virou para mim e me apresentou, como para uma oferenda, um pássaro de penas arrepiadas, pescoço estirado, olhos vidrados.

— Está morta — disse Parthenius acariciando a ave.

Ele o entregou a mim e eu estremeci ao tocar o corpinho frio e rijo.

Ainda de joelhos, Parthenius cavou um buraco no chão esponjoso, pegou o pássaro. enterrou-o e cobriu com a terra preta que seus dedos longos e ossudos amontoaram.

Levantou-se com dificuldade e se afastou esfregando as mãos, como se tivesse esquecido que eu estava com ele.

Seguimos assim subindo o rio e ultrapassamos a enseada onde Martinho pisara outrora.

Enfim, Parthenius parou, olhou-me demoradamente como se tentasse me reconhecer, procurando no fundo de sua memória, e murmurou:

— Clóvis e Clotilde assistiram à inumação de Genoveva na colina que chamávamos de monte Lucotecius, na margem esquerda. Essa elevação dominava o Sena em frente à ilha de la Cité. Era ali que ficava o mais antigo cemitério de Paris. Havia estelas no alto do monte. Ali, os bispos de Lutécia foram sepultados, entre eles, Prudêncio, um dos mais conhecidos. Dizia-se que, outrora, os primeiros cristãos ali se reuniam nas catacumbas. Elas devem ter sido usadas pelos gauleses quando ainda não tinham sido vencidos pelos exércitos de César. Ali também foram descobertos os vestígios de um antigo santuário dedicado a Diana, a Caçadora.

Parthenius esboçou um largo gesto com o braço, mostrando o horizonte como se, do monte Lucotecius, ele estivesse abarcando a antiga necrópole de Paris.

— Enquanto cobríamos de terra o túmulo de Genoveva — recomeçou ele —, vi uma expressão no rosto de Clóvis que eu nunca vira antes: as faces encovadas, o olhar velado quase sempre voltado para o céu. Até me pareceu que ele mexia os lábios e pensei que rezava. Em determinado momento, ele se virou para Clotilde e ela o olhou. Ficaram assim por um longo tempo, depois Clotilde segurou a mão do esposo e eles não se mexeram mais até o caixão desaparecer sob a terra. Então eles recuaram alguns passos, Clotilde se ajoelhou e Clóvis pôs a mão no ombro dela.

Parthenius abaixou a cabeça, murmurando que nunca experimentara uma emoção igual.

— Vi que Clóvis, o vingativo, Clóvis, o impassível, senhor de si a tal ponto que seu rosto parecia esculpido em mármore, fora tocado pela graça de Genoveva, como um humilde cristão que reza pela alma de um defunto.

Parthenius retomou a caminhada e eu acertei meus passos pelo dele.

— Durante toda a sua vida, Genoveva realizara inúmeros milagres. Ela expulsara o demônio do corpo dos possessos, que a receberam, em Tours, com gritos raivosos, curara paralíticos, mas a maneira como transformou Clóvis, ainda que por breves instantes, pareceu-me o mais maravilhoso de seus milagres.

Em seguida o ancião resmungou que era hora de entrar e, enquanto se dirigia para o monastério de Marmoutier, especificou que Clóvis e Clotilde voltaram várias vezes ao túmulo de Genoveva.

— Tornara-se um lugar de peregrinação — disse Parthenius confirmando com a cabeça. — Ergueram um oratório de madeira onde se aglomeravam os fiéis.

Ele parou e agarrou meu braço como para me convencer melhor.

— Ao cabo de alguns dias, não se falava em outra coisa na cidade senão nos milagres que aconteciam no túmulo de Genoveva. Uma criança morta, que a mãe colocara sobre a sepultura, levantara-se e saíra correndo até o Sena...

O velho levantou os braços bem alto e eu não entendi se com isso ele queria assinalar seu espanto ou enfatizar os poderes da santa.

E me contou que, um dia de manhã, ele voltara ao oratório em companhia de Clóvis e Clotilde, mas nenhum dos fiéis havia notado a presença dos soberanos.

— Os peregrinos rezavam, entoavam hinos. Uns iam de joelhos até o túmulo, outros, coxos, disformes, eram carregados pelos pais. Havia também alguns possessos, a boca espumando, os olhos fora das órbitas, com os membros amarrados, que gritavam ao se aproximarem do oratório.

"Clóvis e Clotilde permaneceram afastados, escoltados pelos guardas.

"O rei pareceu-me tão emocionado como no dia da inumação. De repente, ele se encaminhou a passos largos para a multidão, e os peregrinos, que então o reconheceram, imploraram sua proteção e sua bênção como se ele fosse um homem da Igreja. Ele estendeu as mãos e, com esse simples gesto, conseguiu silêncio; até os possessos se calaram.

Clotilde foi juntar-se ao rei, e Clóvis, segurando-lhe a mão, disse que resolvera construir naquele lugar, no alto do monte Lucotecius, uma basílica que abrigaria o túmulo de Genoveva e, mais tarde, quando Deus assim decidisse, as dos soberanos do povo franco sálio.

"Ele pediu para os guardas afastarem a multidão. Depois, empunhou uma *francisque* e, com as pernas afastadas, girou-a acima da cabeça, segurando com as duas mãos o cabo do machado.

"Nesse momento, senti que os peregrinos estavam tomados de terror, eu mesmo fiquei fascinado com o sibilante movimento da arma que girou e súbito rasgou o ar, tão fortemente lançada que não consegui acompanhá-la com os olhos.

"Ela estava profundamente enterrada na terra, no meio da relva, no topo da colina, adiante do oratório de Genoveva. Desde então aquela terra passou a ser reserva do rei e ali ele construiria a basílica onde Genoveva e, mais tarde, ele próprio e Clotilde descansariam.

Após um silêncio, Parthenius prosseguiu:

— Eu o olhei enquanto se afastava. Ele percorreu em grande passadas a terra coberta de erva, traçando o perímetro da basílica. Ao vê-lo assim, a cabeleira loura caindo nos ombros, escoltado pelos antrustiões de sua guarda, pensei em Tor, o deus pagão que lançava na terra seu martelo fulminante e se apossava dos lugares que os raios atingissem.

Parthenius parou no primeiro degrau da escada talhada na falésia.

— O rei pagão ainda estava vivo no corpo do rei cristão! — exclamou!

E começou a subida.

A falésia refletia a luz quase esbranquiçada do sol. Às vezes, porém, nuvens baixas o encobriam e parecia que a noite chegava e a chuva ia cair.

Quando paramos num dos patamares improvisados na rocha, houve até uma lufada rápida e violenta que fez o ancião oscilar.

Eu me precipitei e o segurei pelos ombros, mas ele se desvencilhou.

— Se Deus quiser — murmurou.

Depois, continuando a subida, acrescentou:

— *Nobiscum Deus*, Deus está conosco!

OITAVA PARTE

VINTE E QUATRO

— Genoveva morreu como um passarinho — murmurou Parthenius.

Ele estava sentado no tamborete, dobrado sobre si mesmo, os cotovelos apoiados nos joelhos, os dedos sustentando a testa, os olhos escondidos nas palmas das mãos.

— Genoveva— recomeçou ele em voz surda — aconselhara Clóvis, rezara, predicara, governara, devotara-se, distribuindo grãos aos mais miseráveis, tratando dos leprosos. Ela parecia infatigável até seu último bater de asas.

Parthenius pigarreou, deixando a cabeça pender, o queixo roçando o peito.

— Como um passarinho — repetiu.

Ele mesmo parecia exaurido pela longa caminhada que fizéramos durante toda a manhã à beira do Loire, subindo e descendo as ondulações da areia branca, os taludes e as ribanceiras em que se enraizavam sarças e bambus.

Eu me repreendi por tê-lo constrangido a falar durante vários dias, a esquadrinhar a memória, a queimar sua energia no fogo vivo de uma paixão redescoberta, em vez de deixar as brasas de sua vida se consumirem lentamente, ao longo do tempo.

De repente, eu me surpreendi pensando que havia revirado sua existência, revolvendo as cinzas, soprando o fogo meio apagado, na minha avidez de saber, na preocupação de transmitir aos nossos pósteros a história de Clóvis e dos cristãos de sua época.

Contudo, ao agir assim, talvez eu tenha esgaravatado a vida de Parthenius, do qual eu esquecera a idade de tal maneira que sua voz e sua atitude já não pareciam a de um ancião, mas a de um homem ainda no vigor da idade.

Entretanto, ele podia afundar, de repente, na decrepitude e assumir o triste peso de sua idade.

Mas exatamente que idade tinha ele?

Ele parecia ter vivenciado tudo, presenciado a inumação de Childerico, e também o enterro de Genoveva que morreria mais de oitenta anos depois!

Nunca ousei interrogá-lo sobre esse assunto e tive a impressão de que ele mantinha a dúvida de propósito, como se sua vida já fosse tão longa que ele esquecera o início.

Várias vezes ele me disse que desejava encontrar o reino dos céus, mas Deus o mantinha neste nosso mundo, talvez para castigá-lo.

No entanto, de vez em quando, ele tinha tamanhos surtos de vitalidade que mais parecia, ao contrário, estar agarrado a esta vida com uma energia e uma vontade desconcertantes.

Talvez esses momentos de silêncio e prostração não teriam sido, quem sabe, um modo de recuperar forças, a fim de ainda viver o bastante para contar o que vivera?

— Genoveva dera tudo de si, até o último suspiro. Depois que ela morreu, o céu de repente pareceu vazio...

Parthenius se reaprumou; de novo eu senti que ele escapara do atoleiro do cansaço e da amnésia.

— A emoção de Clóvis que eu presenciei diante do oratório e a determinação que ele demonstrou ao lançar o machado para se apropriar do chão em que ergueria a basílica originavam-se do sentimento de que acabara de perder aquela que inúmeras vezes lhe indicara o caminho a seguir. Decidira-se a transformar o sítio em lugar de peregrinação, para que ele próprio pudesse ir ao túmulo de Genoveva, a fim de se inspirar nos sinais que as relíquias dela lhe revelariam.

Parthenius ergueu a cabeça; a fadiga parecia tê-lo abandonado.

— Genoveva era como essas aves cujo vôo os romanos perscrutavam para conhecer o futuro.

Ele cruzou os braços e fechou os olhos.

— Antes de morrer, ela teria aconselhado Clóvis a tirar Tours, a cidade de Martinho, das mãos dos hereges? Teria querido que os exércitos francos atacassem o reino visigodo?

Parthenius afastou os braços.

— Quem pode saber? A verdade é que muitas vezes Clóvis foi-se recolher no túmulo de Genoveva, como se esperasse receber um aviso, um sinal. E Clotilde sempre o acompanhava.

O ancião balançou a cabeça e murmurou em tom meditativo:

— Genoveva e Clotilde: duas cristãs resolutas, duas pombas benéficas que acompanharam Clóvis o mais que puderam e o guiaram para o batismo e para as vitórias.

Ele parou, como se hesitasse, e repetiu:

— Pois foi uma vitória, a maior, a que pôs fim ao reino dos visigodos, no sul da Gália, na província da Aquitânia, que era o sonho de todos os que a conheceram.

Parthenius observou-me em silêncio, demoradamente, e acrescentou em tom quase provocador:

— Eu era um desses.

* * *

Ele me contou suas viagens a Aquitânia, às cidades florescentes de Poitiers, Bordeaux, Toulouse e mais para o leste, até Arles, talvez a mais bela com suas grandes construções romanas, onde o bispo Cesário era perseguido pelos visigodos porque se recusava a renegar a fé católica e aderir à heresia ariana.

Ele me descreveu as ricas vilas do campo, arranjadas como se fossem um jardim, a suavidade do clima, a distinção das grandes famílias galo-romanas aficionadas de filosofia e história, que recitam os poetas passando com naturalidade do latim ao grego.

Elas ignoravam os reis visigodos, Eurico e Alarico. Elas se indignavam com as pilhagens que esses bárbaros arianos praticavam nas igrejas e santuários cristãos, com as violências perpetradas contra os bispos; elas desprezavam o arianismo que chamavam a "fé bárbara", a "fé gótica". Veneravam Eugênio, o bispo de Cartago que os vândalos haviam expulsado de seu país e, ao chegar a Aquitânia, foi outra vez perseguido pelos visigodos.

Com a voz fremente de entusiasmo e emoção, como se acabasse de ter a revelação, Parthenius repetiu que, por todo o reino visigodo, a notícia do batizado de Clóvis na fé católica fora recebida como o anúncio de uma libertação próxima.

— Muitos desejavam ardorosamente ter como soberano o rei dos francos sálios. Que podia fazer o rei dos visigodos contra essa esperança e essa vontade?

Alarico tentara reconquistar a estima dos cristãos de seu reino autorizando a realização de um concílio em Arles, no dia 10 de setembro de 506. Ele promulgara um conjunto de leis — o "Breviário de Alarico" — pondo fim às perseguições. Mas era tarde demais.

Entrelaçando os dedos, Parthenius acrescentou:

— Quando um corpo é corroído pela lepra há muito tempo, qualquer esforço para impedir o agravamento da doença surte, ao contrário, o efeito de alastrá-la. Alarico tentara convencer e seduzir, mas, para os cristãos, ele assim só fazia confessar sua fraqueza e o remorso que sua antiga política lhe causava. Ele queria se salvar e se condenava. Esperava tornar-se amado, mas conseguia ser mais odiado ainda. Chega um momento em que qualquer ato, num sentido ou noutro, é nefasto. Nada mais podia salvar Alarico.

Entretanto, de sua residência em Ravena, Teodorico, o Grande, rei dos ostrogodos, queria impedir um confronto entre francos e visigodos que tudo fazia prever.

— No palácio da margem esquerda em que moravam Clóvis e Clotilde — diz Parthenius —, vi chegarem embaixadores ostrogodos encarregados de entregar uma carta ao rei dos francos, exortando-o a não entrar no reino visigodo. Esses embaixadores já haviam levado missivas a Gondebaldo, rei dos burgúndios, e a Alarico, incitando-os também a buscar a paz.

"Mas cartas podem barrar uma avalanche?

"Clóvis ouviu os embaixadores e os despediu com um gesto. Alguns instantes mais tarde, ele recebeu os que vinham de Bizâncio em nome do imperador Anastácio e, ao contrário dos outros, instigavam Clóvis a agir contra os visigodos e até avisava que as tropas imperiais atacariam a Itália de Teodorico para impedi-lo de socorrer Alarico..."

Parthenius sorri, o rosto subitamente rejuvenescido.

— Foi como se Deus, por intermédio dessa aliança com o imperador Anastácio, tivesse enviado um sinal oferecendo a Clóvis a ocasião de vencer o reino dos visigodos.

O ancião ergueu os braços para o céu.

— Que rei poderia resistir à tentação de conquistar Bordeaux e Toulouse, de se apossar do fabuloso tesouro dos visigodos, reunindo tudo que outrora os bárbaros roubaram de Roma?

Ele deixou cair os braços.

— Que cristão poderia fugir ao dever de libertar seus irmãos da Aquitânia, aqueles que Alarico perseguia? Que fiel poderia renunciar a sua missão de vencer a heresia?

"De modo que Clóvis reuniu suas tropas na margem direita do Loire. De lá ele via os telhados de Tours, a basílica onde jazia o corpo de Martinho.

"Que cristão teria se recusado a expulsar os hereges da cidade de são Martinho?"

Mais tarde, enquanto Parthenius cochilava, eu li a carta que os embaixadores de Teodorico, o Grande, entregaram a Clóvis. Era hábil e alertava o rei franco contra o imperador Anastácio:

Eu vos exorto como exortei Alarico: não deixeis que a malignidade de outros semeie a cizânia entre vós e ele. Permiti que vossos amigos comuns regulem amigavelmente vossas diferenças e testemunhai a eles vossas boas disposições. Aquele que quer levar um ou outro de vós à ruína certamente não é um bom conselheiro.

— Está lendo? — perguntou Parthenius virando-se no catre. — Não esqueça que Teodorico é o esposo de Audofleda, irmã de Clóvis, e note como ele não deixa de lembrar esse detalhe!

Parthenius recitou de memória o início da carta:

— *A Providência quis estreitar laços de parentesco entre os reis, a fim de que suas relações amistosas tenham como resultado a paz entre as nações. Espanto-me, pois, que vos deixeis abalar por motivos frívolos a ponto de querer participar de um violento conflito com nosso Alarico, esposo de nossa filha Theodegothe e, portanto, nosso filho.*

Com um gesto, o velho pediu-me para continuar a ler, acrescentando:

— Quero ouvir de novo essa carta cheia de conselhos, mas também de ameaças!

Li:

— *Ambos jovens e ambos à frente de nações florescentes, temei desfechar um rude golpe a vossos reinos e arcar com a responsabilidade das catástrofes que atraireis sobre vossas pátrias.*

Deixai-me dizer-vos com toda franqueza e afeição: há muito açodamento em se recorrer às armas com as primeiras altercações... Não quero uma luta em que um de vós pode sair esmagado; largai essas armas que, na realidade, voltais contra mim! Falo-vos como pai e amigo: aquele de vós que menosprezar minhas exortações deve saber que terá de se haver comigo e com todos os meus aliados.

Parthenius exclamou levantando-se:

— Que aliados? O burgúndio Gondebaldo e o filho Sigismundo aliaram-se a Clóvis para participar do espólio do reino visigodo. Que rei e que cristão teria sido Clóvis se tivesse dado ouvidos aos conselhos do ambicioso e herege Teodorico?

"Era a guerra, e eu vi Clóvis assumir o comando de seu exército, atravessar o Loire pelo vau, o peitoral de seu cavalo branco singrando as águas negras do rio.

VINTE E CINCO

— Eu não tirei os olhos de Clóvis, por assim dizer, durante toda a guerra contra os visigodos — esclareceu Parthenius.

Estávamos sentados ombro a ombro na plataforma rochosa, as costas apoiadas na falésia. Nessa manhã de inverno límpida e gelada, o sol estava ofuscante; sua luz refletida na pedra branca dava uma sensação de calor.

Parthenius, que habitualmente tremia de frio, tinha arregaçado as mangas da túnica, deixando à mostra os antebraços longos e magros cuja pele amarelada pendia feito um farrapo de pano enrugado, como que prestes a se soltar dos ossos.

Desviei o olhar, mas, felizmente, o velho falou mais alto. Suas frases estalavam como estandartes ao vento numa carga de cavalaria. Nunca o ouvira falar com tão pouca humildade, como que transportado pela cavalgada vitoriosa que levara Clóvis das margens do Loire a Toulouse e a Bordeaux e até a Gasconha para transformá-lo no rei que mudou a sorte da Gália e, portanto, a história de todo o Ocidente.

— Clotilde pedira-me para zelar pessoalmente por Clóvis — recomeçou Parthenius. — Na véspera da partida do exército, ela me convocou; segurou meus pulsos e encarou-me com tamanha intensidade que meus olhos ficaram presos aos dela e, ainda que quisesse, eu não conseguiria abaixá-los. Ela me disse:

"— São por teus olhos que eu seguirei meu rei aonde ele estiver. É por teu intermédio, por tuas preces que eu o protegerei e Deus velará por ele. Se ele for ameaçado, quero que tu o sejas antes dele, e se um machado o ferir, que antes te parta ao meio!"

— De modo que eu cavalguei ao lado de Clóvis sem nunca perdê-lo de vista. E lembro-me de cada uma das palavras que ele pronunciou.

"Depois de termos percorrido a margem direita do rio, pegando a via romana, no momento em que íamos atravessar o Loire nos arredores de Amboise, eu o ouvi gritar voltando-se para os soldados de sua guarda:

"— Não posso suportar a idéia de esses hereges, esses malfeitores, esses arianos ocuparem uma boa parte da Gália. Marchemos, pois, contra eles e, depois que os derrotarmos, submeteremos suas terras a nossa autoridade!"

"— As aclamações e os gritos que saudaram essas palavras ainda me fazem tremer depois de tantos anos.

"Revejo as lanças, as *francisques* erguidas, ouço relinchar os cavalos que atravessam o rio empurrados pelos cavaleiros armoricanos. Vejo Thierry, o filho mais velho de Clóvis, que cavalga à frente dos antrustiões. Quando cai a tarde, ouço o mensageiro de Gondebaldo anunciar que os burgúndios entraram em campanha sob o comando do rei e seu filho Sigismundo e marcham para Aquitânia atravessando o Limusino. Avito, bispo de Vienne, disse-lhes:

"— Parti felizes e voltai vencedores! Gravai vossa fé em vossas armas, lembrai as promessas divinas a vossos soldados e, por vossas preces, forçai o Céu a vir em vossa ajuda!"

Parthenius deve ter percebido meu espanto: Gondebaldo era ariano; por que lutaria contra Alarico, o também herege soberano visigodo? Por que, fazendo isso, correria o risco de descontentar Teodorico, o Grande, rei ostrogodo da Itália?

— O interesse governa — explicou o ancião. — Gondebaldo e Sigismundo queriam sua parte no despojo, e o tesouro dos visigodos era considerável, tão fabuloso que, segundo afirmavam, guardava as jóias do rei Salomão que foram roubadas pelos romanos quando Tito tomou Jerusalém e saqueadas a Roma pelos godos! Diziam que os objetos que ele continha, fruto de todas as rapinagens góticas, eram tão belos que o rei dos visigodos ia todos os dias às salas onde esse tesouro ficava guardado para admirar as esmeraldas e as lapidações engastadas dos diamantes, as esculturas e os cofres repletos de moedas de ouro provenientes de todas as regiões do universo.

"Era com isso que sonhavam Gondebaldo e o filho Sigismundo. Sua avidez os fazia esquecer a fé ariana, e o bispo Avito habilmente os persuadira a se aliarem a Clóvis. O prelado católico só precisou benzer-lhes os gládios e os dardos."

Parthenius deu um tapinha no meu joelho com os dedos ossudos e acrescentou em tom de gracejo:

— Pouco importa o artesão do desígnio do Senhor, desde que ajude a realizá-lo...

Ele se levantou e virou para se apoiar, como gostava de fazer, nas pedras que circundavam o patamar. Estava de frente para mim, mas, ofuscado pelo sol, eu só distinguia sua silhueta e, pelo som de sua voz, podia até pensar que se tratava de um homem em plena maturidade e não de um velho a marcar passo no limiar da morte.

— Atravessado o Loire, entramos no reino visigodo, mas — a voz de Parthenius ficou mais forte ainda — essa região já era nossa pela lei. Tours era a cidade de Martinho. Poitiers, a de santo Hilário, que fora seu mestre, sempre combatera os arianos e por isso mesmo sofrera perseguição. Martinho percorrera os campos nas cercanias dessas duas cidades, assim como os monges de Marmoutier, esses do monastério em que vivo.

"Clóvis parou assim que pôs o pé na margem esquerda do Loire e disse:

"— Como esperar vencer se ofendemos são Martinho?

"Ele percorreu as fileiras de seu exército, exclamando que instituía um edito estipulando que, em respeito à memória de são Martinho, ninguém se apossaria de qualquer alimento, salvo erva ou água, em detrimento dessa região. Os saqueadores seriam punidos com a morte.

"Durante as horas que se seguiram, um soldado que se apropriara de feno para seu cavalo foi levado à presença de Clóvis, que o fez ajoelhar-se e repetiu-lhe o edito: 'Erva e não feno cortado.'

"E antes que o homem se explicasse, sua cabeça, cortada pela mão de Clóvis, já não passava de uma bola vermelha rolando no chão de Tours."

Parthenius calou-se, o corpo projetado para a frente como se quisesse ver rolar a cabeça. Depois se empertigou e retomou o relato com voz clara:

— Fui eu que, na primeira noite que passamos no reino visigodo, escrevi uma carta ditada por Clóvis aos bispos assegurando-lhes a proteção dos francos:

"*Ordenamos que ninguém tente raptar as monjas e as viúvas devotadas ao serviço do Senhor...*"

"— Também deviam ser protegidos todos os que serviam as igrejas, e libertados caso alguém os aprisionasse. Os bispos podiam pedir que soltássemos qualquer pessoa, tanto do clero como entre os laicos, que julgassem digna de proteção. E Clóvis pedia que os santos padres rezassem por ele.

Parthenius dirigiu-se a mim como se fosse me interpelar:

— A guerra contra a heresia dos godos constituía, de fato, o verdadeiro batismo de Clóvis. Ela o coroava como rei cristão. E ele mesmo queria que assim fosse, pois procurava a benevolência dos santos.

"Só me afastei dele um único dia, a seu pedido, quando me encarregou e a outros dois clérigos de irmos à basílica de São Martinho, em Tours, escoltados por uma pequena tropa, para depositar oferendas no túmulo do santo. No instante em que entrávamos na basílica, o coro entoou o salmo XVIII, e eu distingui as palavras: *Senhor, vós me armastes de coragem para os combates, prostrastes a meus pés os que se erguiam contra mim, afugentastes meus inimigos e dispersastes os que me perseguiam com seu ódio...*

"Da basílica de São Martinho, pela voz desse coro e pela escolha desse salmo, Deus enviava um sinal a Clóvis.

"Quando lhe relatei essas palavras, ele se persignou, ergueu os braços e meteu-se pelo vale do Vienne em direção a Poitiers, a cidade de santo Hilário, perto de Vouillé, na planície onde Alarico concentrara seu exército.

"Mas ainda era preciso atravessar o Vienne, e os visigodos haviam destruído todas as pontes enquanto fortes chuvas encheram o rio de redemoinhos escuros. De repente — vi com meus próprios olhos — uma cerva pulou na nossa frente, entrou no rio e assim revelou um vau, mostrando o caminho que devíamos tomar...

"Deus — como eu ainda poderia duvidar? — escolhera Clóvis para realizar Seu desígnio."

Parthenius começou a falar em tom cada vez mais apaixonado. Se eu quisesse interrompê-lo, ele não me teria ouvido de tanto que o relato o arrebatava.

Ele descreveu como o exército franco montara acampamento uma noite, na entrada da planície de Vouillé em cujo final se avistavam os postos avançados de Alarico.

Ao longe, as muralhas de Poitiers dominavam essa superfície onde, no dia seguinte, ia se desenrolar a batalha que decidiria a sorte da verdadeira fé na Gália e, portanto, o destino desse país.

Parthenius fez uma pausa para retomar o fôlego.

— Era uma noite de verão — prosseguiu quase imediatamente. — Uma miríade de estrelas iluminava o céu, e eu perscrutava as que atravessavam a abóbada celeste e iam-se perder no infinito como um fugidio sinal de Deus.

"De súbito, percebi que Clóvis saíra de sua tenda. Virei-me e vi o rei de pernas afastadas, as mãos apoiadas nas duas lâminas da *francisque*. Sua silhueta recortava-se, imensa, no horizonte. Com a cabeça erguida, parecia observar, também ele, o movimento das estrelas, e um clarão intenso iluminou o céu bruscamente: um jato de fogo que parecia jorrar do campanário da basílica onde jazia o corpo do bispo santo Hilário, a uma centena de passos das muralhas de Poitiers.

"O enorme clarão pareceu dirigir-se mesmo para Clóvis como um grande rio brilhante inundando de cintilações o campo do exército franco.

"Eu gritei *Nobiscum Deus!* Deus está conosco! E vi Clóvis erguer a *francisque* e todos os soldados o imitarem, juntando suas vozes à minha, tão certos como eu de que Deus, com esse sinal, anunciava que combateria ao lado dos francos, agora soldados da fé como são Martinho e Hilário de Poitiers.

"Depois disso, quem conseguiria conciliar o sono?

"Vi Clóvis percorrer o campo em largas passadas, rodeado por sua guarda. Os soldados o aclamavam.

"Depois, ao alvorecer, ele acariciou seu cavalo branco antes de montá-lo. Junto dele, Thierry, seu primogênito.

"Eu me juntei aos cavaleiros de sua guarda e nos lançamos pela planície.

"Diante de nós, a luz do sol nascente refletia-se nos capacetes e nas armas dos guerreiros de Alarico cujo exército já começara a se mover.

"Em seguida começaram os arremessos de lanças, os gritos, as investidas impetuosas, os peões que se enfrentavam enquanto os cavaleiros avançavam e recuavam em vagas sucessivas, imitando o fluxo e o refluxo do mar.

"De repente, no rumor da batalha, fez-se como que um buraco de silêncio e ouviu-se o choque de um machado e de um gládio contra dois escudos.

"No meio dos guerreiros, lutavam Clóvis e Alarico.

"Vi o machado de Clóvis atingir o rei visigodo na base do pescoço. O sangue jorrou e o corpo de Alarico caiu deitado em cima de seu cavalo.

"Ressoaram gritos estridentes, logo raivosos, num desespero que encobriu as aclamações dos guerreiros francos.

"Dois guerreiros visigodos precipitaram-se sobre Clóvis, um pela esquerda, o outro pela direita, com as espadas em riste.

"O cavalo do rei franco, um ginete adestrado de largo peitoral, se ergueu e empurrou os atacantes, Clóvis aparou os golpes das espadas com o escudo e logo acorreram seus antrustiões que puseram os visigodos em debandada.

"Eu olhei o campo de batalha a meu redor.

"Percebi guerreiros inimigos que formavam como que uma couraça em torno de uma criança, Amalarico, filho de Alarico, e o levavam para longe, arrancando-o da morte, pois quem poderia deter o machado de um soldado franco decidido a ceifar a linhagem real do campo adversário?

"Também vi corpos embaralhados, mortos tão numerosos que formavam amontoados na planície em torno dos quais os cães começavam a rondar.

"Era a vitória de Clóvis, o rei cristão, e de seu povo; o triunfo da verdadeira fé sobre a heresia."

Parthenius abaixou a cabeça, parecendo-me exaurido.

Mas quando quis aconselhá-lo a voltar para a gruta e repousar, ele se empertigou e voltou a falar em tom um pouco mais baixo:

— Eu estava perto de Clóvis quando ele se prostrou diante do túmulo de santo Hilário; os guerreiros que o escoltavam ajoelharam-se na nave da basílica. Deus dobrara a nuca desses pagãos e os transformara em soldados da verdadeira fé. A batalha de Vouillé selava realmente a derrota da heresia.

"Depois, entramos na cidade de Poitiers em meio a aclamações. Os cristãos reconheciam seu rei."

Parthenius começou a andar para lá e para cá de um extremo a outro da plataforma, passando diante de mim sem me dirigir um olhar, dir-se-ia presa de uma viva emoção.

— Havia esse amontoado de mortos na planície de Vouillé e, quando tornamos a passar com o exército no local da batalha, os cadáveres já haviam sido dilacerados pelos cães e corvos, e o mau cheiro era tamanho que toda a tropa acelerou a marcha, os cavaleiros a galope, os peões em passo de corrida.

"Isso e os bandos de larápios que, apesar de convertidos, assumiam o comportamento bárbaro também traduziam nossa vitória. Eles pilhavam as cabanas dos camponeses, violavam as mulheres, chegaram mesmo a forçar a porta de um monastério que um religioso, Maxêncio, originário da Gália do Sul, erguera nas margens do rio Sèvre Niortaise. Eles tiraram esse santo homem de sua cela e o maltrataram, mas, no instante em que um dos soldados se preparava para partir-lhe o crânio, seu braço criminoso ficou paralisado..."

Parthenius suspirou.

— Mas, para um milagre, para um monastério que escapava da pilhagem, para um santo homem que teve a vida salva, quantas vítimas, quantas igrejas saqueadas, apesar dos editos de Clóvis e do castigo que ele infligia aos saqueadores: a morte, morte sem julgamento! Cavalgando de Poitiers a Toulouse e de lá a Bordeaux, vi levantar-se a fumaça dos incêndios em todo o campo como para marcar nossa passagem. E Toulouse foi destruída pelas chamas.

O ancião segurou a cabeça com as duas mãos.

— Assim foi feita a conquista do reino visigodo; assim são feitas todas as coisas humanas quando o Demônio espreita, no rastro de Deus, para saltar tão logo possa.

Parthenius virou-se para o horizonte.

— Como Clotilde me pedira, fiquei junto de Clóvis durante essa marcha e durante todo o inverno que passamos em Bordeaux.

"Vi o fabuloso tesouro dos visigodos que foi metido em cofres para ser transportado até Paris.

"Ouvi Clóvis pregar a reconciliação entre visigodos e francos, felicitar Sigismundo, o burgúndio, pelas conquistas no Limusino e na Aquitânia.

"Escutei quando ele ordenou ao filho Thierry que se apossasse das terras altas do centro da Gália, em Auvergne e Velay, que dominavam o vale do Ródano e o reino burgúndio. Pois aliados de circunstância continuam rivais.

"Depois deixamos Bordeaux e conquistamos novas cidades: Saintes, Bourges, Angoulême. Mais uma vez, foi preciso lutar, derrubar muralhas, ver os mortos cobrirem os mortos..."

Parthenius afastou os braços, e sua silhueta, na contraluz, desenhava uma cruz no horizonte.

— Mas é a esse preço que a Gália foi unificada — concluiu ele. — Da morte brota a vida, e Cristo ressuscitou!

VINTE E SEIS

— Eu vi Clóvis coberto de glória — recomeçou Parthenius. — Foi em Tours. Vínhamos de Aquitânia com as carroças carregadas com o tesouro dos visigodos e tudo mais que os soldados saquearam em Carcassonne, Bordeaux, Saintes e Angoulême, e amontoaram em cima dos cofres.

"Clóvis ordenara que o exército parasse na entrada da cidade, perto da basílica consagrada a são Martinho."

Na poeira que cobria a mesinha, Parthenius riscou com o indicador um retângulo em que um dos lados se prolongava numa abside em semicírculo.

— No átrio, a multidão dos crentes esperava Clóvis. Era um pátio quadrado que servia de vestíbulo à basílica. Os peregrinos dormiam ali em pequenas celas abertas nas laterais. Sob os pórticos, mercadores dispuseram suas bancas.

“Assim que Clóvis surgiu, a multidão o rodeou.

“Queria tocá-lo.

“Implorava sua bênção como se ele fosse um santo.

“Clóvis mandou descarregar inúmeros objetos de ouro e prata. Em meio às aclamações, ele disse que ia oferecer todos esses presentes à basílica de São Martinho e até doar seu cavalo aos pobres. Acrescentou que o compraria de volta logo em seguida e, de fato, ofereceu cem moedas de ouro por ele. Mas alguém na multidão gritou que ele devia pagar o dobro. Clóvis atirou mais uma bolsa e, com um sorriso, disse bem alto para que todos ouvissem:

“— São Martinho é bom de socorro, mas um pouco caro nos negócios!

“Os crentes o aclamaram de novo, depois ele entrou na igreja e se ajoelhou diante do túmulo de Martinho.”

Juntando as mãos, Parthenius acrescentou:

— Eu rezei com ele.

Após alguns instantes de silêncio, ele retomou o fio da narrativa.

— Quando Clóvis deixou a basílica, a multidão estava mais compacta ainda. Quando ele se encaminhava para as tropas, eu vi três homens vestidos de branco, envoltos em grande mantos adornados de pele, virem a nosso encontro.

“Um segurava um cofre, outro um pergaminho; o terceiro trazia no braço uma túnica púrpura.

“A multidão se afastou para lhes dar passagem.

“Eram três embaixadores de Anastácio, o imperador de Bizâncio, encarregados de entregar a Clóvis o pergaminho que o tornava um cônsul e um Augusto, uma espécie de vice-imperador.

“Quando abriram o cofre, vislumbrei um diadema de ouro guarnecido de pedras preciosas, sinal da distinção imperial conferida a Clóvis pelo imperador. O último embaixador estendeu a Clóvis a túnica púrpura e o manto curto, com uma fenda, que chamavam clâmide. Tamanhas eram a glória e a autoridade que a vitória sobre os visigodos atribuíam a Clóvis: o imperador Anastácio sagrava o vencedor de Teodorico, o Grande."

Parthenius fez um largo gesto com o braço direito como se envolvesse os próprios ombros com a clâmide vermelha de cônsul e Augusto.

— Eu vi Clóvis coberto de glória. Ele vencera. Não havia mais visigodos. Uns viraram carniça para os cães vadios e as aves de rapina; outros fugiram pelos Pireneus. E os que não foram exterminados nem escorraçados aderiram à verdadeira fé, abandonaram a heresia, jurando que deixavam de ser visigodos para se tornarem súditos de Clóvis e fazerem parte do povo dos francos. A Gália estava unida.

Parthenius persignou-se.

— Eu vi Clóvis coberto de glória — repetiu pela terceira vez. — Clóvis prendeu a clâmide no ombro. Com esse manto vermelho ele tornara-se verdadeiramente Augusto, ostentando a vestimenta consular.

Ele percorreu toda a cidade, da basílica até a catedral Saint-Gatien, em meio às aclamações, atirando moedas de ouro e prata à multidão.

"Seu exército o seguia. Esse triunfo tornava-o o cônsul do imperador, um rei franco e cristão que era também magistrado do Império.

"O povo gritava de alegria, atirando-se entre as patas dos cavalos para recolher as moedas que Clóvis lançava."

Parthenius fechou os olhos como para guardar consigo a recordação desses momentos passados.

— Depois disso — recomeçou ele — quem ousaria opor-se a ele? Os bispos e o imperador de Bizâncio, os primeiros pelo batismo, o outro por essa distinção consular, haviam reconhecido Clóvis como o maior soberano do Ocidente, o único rei cristão da verdadeira fé.

Parthenius levantou-se fazendo uma careta, os olhos ainda fechados.

Parecia estar sofrendo e começou a andar pela gruta, as mãos na região lombar, como se quisesse comprimir uma dor.

Eu perguntei se ele precisava de minha ajuda.

Mas ele abanou a cabeça nervosamente, dizendo que era a velhice que se lembrava dele. Os anos eram como um gládio que aos poucos se entranhava no corpo. Somente a prece conseguia atenuar o sofrimento, dissolvê-lo na esperança de uma outra vida.

Em seguida, Parthenius reabriu os olhos. Suspirou e explicou que relatar os tempos passados fizera-o esquecer que se achava numa altura da vida em que apenas a misteriosa vontade de Deus ainda retém o homem no mundo dos vivos.

Voltou a se sentar, as mãos ainda pressionando os rins.

— Portanto — prosseguiu ele —, eu vi Clóvis com a fronte cingida com o diadema, ombros envoltos no manto púrpura, na clâmide imperial que designava um cônsul e um Augusto.

"Vi como aquele pedaço de pano e aquele círculo de ouro em torno da cabeça mudavam sua atitude.

"Mantinha-se ainda mais empertigado, o queixo erguido, parecendo não mais enxergar a multidão que o cercava e à qual continuava a atirar moedas de ouro e prata.

"Pensei que daí em diante ele estava tão acima dos homens que se tornaria inacessível ao sentimento comum.

"Ele só obedeceria a outras leis; às leis dos reis, dos imperadores, dos senhores do mundo."

Com um gesto de cansaço, o ancião deixou a cabeça pender sobre o peito.

— Daí em diante, somente Deus podia compreender e julgar os atos de Clóvis... — acrescentou.

Então ele contou que Clóvis não se demorara em Tours, pois havia decidido voltar logo para Paris, cidade que escolhera para ser a capital.

— Ele mandara mensageiros precederem o exército, a fim de prevenir Clotilde. O palácio na margem esquerda do Sena precisava ser arrumado para recebê-lo. Era lá que ele queria residir.

Parthenius calou-se por alguns instantes, depois recomeçou:

— A princípio, pensei em não acompanhá-lo e vir morar como eremita neste monastério de Marmoutier, mas, assim que comecei a expressar o desejo de me retirar do mundo, bastou um olhar do soberano para que eu compreendesse que devia permanecer ao lado dele.

"Tomei pois a estrada, cavalgando à frente do exército com os soldados da guarda real."

Parthenius foi tomado de longo acesso de tosse. Pareceu-me exaurido e aconselhei-o a descansar e deixar para continuar a narrativa no dia seguinte. Ele fingiu não me ouvir.

— Entramos em Paris pela grande via romana que corta a cidade e vai de Orléans a Senlis, atravessando o Sena pelas pontes de madeira que ligam a ilha de la Cité às margens esquerda e direita do rio. A multidão estava lá para nos receber e, diante da entrada do palácio, rodeada dos filhos e dos servidores, Clotilde aguardava Clóvis.

"Sei que ela me viu e, quando levantou ligeiramente o braço, intuí que me benzia, agradecendo-me por ter zelado pelo rei que voltava vitorioso, cônsul e Augusto. Depois..."

Parthenius deitou-se no catre, a respiração entrecortada. Pronunciava somente frases curtas que eu mal conseguia reunir para fazer uma narrativa harmoniosa.

Ele residira no palácio real e Clotilde o consultara diversas vezes, preocupada com a construção da basílica que Clóvis prometera dedicar a são Pedro.

O monumento erguia-se no centro da necrópole em que jazia Genoveva. Devia abrigar, portanto, o túmulo da santa que tantas vezes inspirara e guiara Clóvis.

Pouco a pouco surgira do chão uma basílica de mais de 200 pés de comprimento por 60 de largura. Artistas vindos do Oriente trabalharam na decoração de mosaicos das paredes da nave e da cripta em que Genoveva repousava. Mais tarde, repetira Clóvis, era ali, perto dela, que ele queria que seu sarcófago e o de Clotilde fossem depositados.

Assim, no decorrer dos tempos, todos saberiam o que o rei dos francos, esse rei cristão, devia a Genoveva, e por que ele escolhera Paris para ser ao mesmo tempo sua capital e sua última morada.

Os trabalhos se estenderam muito além da basílica. Transformara todo o espaço entre o cume do monte Lucotecius — onde Clóvis lançara sua *francisque* —, o Sena e seu pequeno afluente Bièvre. Desde então, as construções francas rodeavam os grandes vestígios romanos: o fórum, as termas, as arenas de Lutécia.

— Clóvis, o franco, Clóvis, o bárbaro, mas Clóvis cônsul e Augusto pela vontade do imperador de Bizâncio — murmurou Parthenius soerguendo-se em seu catre. Assim, ele era herdeiro de Roma e também o fundador de um novo reino, um reino franco que conseguira unificar em torno de si uma grande parte da Gália, um reino cristão cuja capital era Paris.

Depois ele arriou de novo, acrescentando com voz abafada:

— Mas a obra dos homens deve sua grandeza unicamente a Deus.

Virou-se para mim.

— Os reis, quando alcançam o auge da glória, freqüentemente se esquecem disso.

E com débil suspiro:

— Clóvis também não passava de um rei.

NONA PARTE

VINTE E SETE

— O que vou lhe contar agora cheira a morte — disse Parthenius.

Foi alguns dias depois que ele me relatara o triunfo de Clóvis em Tours e seu retorno a Paris, feita capital do reino.

— O sangue exsudava por toda parte — acrescentou com uma voz quase cavernosa.

De cabeça baixa e cobrindo os olhos com a palma da mão direita como que se recusando a ver os rastos vermelhos que riscaram os últimos anos do reinado de Clóvis, ele se insurgiu:

— Ninguém em torno de Clóvis demonstrou surpresa por esse rei cristão cortar pessoalmente as gargantas de seus parentes próximos, a fim de que os filhos de Clotilde fossem os únicos herdeiros. Ninguém se indignou por ele se apossar dos outros reinos francos massacrando os soberanos.

Ele sacudiu a cabeça violentamente.

— Ao contrário! Os bispos cujos discursos eu ouvi felicitavam-se por essas mortes. Clóvis, no entender deles, seguia o desígnio de Deus, e Deus lhe seria grato ainda que os meios empregados fossem bárbaros.

Parthenius espalmou a mão sobre o joelho.

— Lembro-me de um desses pais da igreja que, mal acabávamos de saber como Clóvis mandara assassinar alguns reis francos, declarou:

"— Assim, a cada dia Deus prosterna seus inimigos pelas mãos de Clóvis e engrandece o reino franco porque Clóvis segue em frente com o coração reto e faz o que agrada a Deus."

O ancião levantou-se com vivacidade e exclamou:

— Mas quem faz Deus falar senão os homens?

Depois ele caiu sentado e escondeu de novo o rosto entre as mãos, murmurando que se dobrava às escolhas da Igreja da qual não era mais que um servidor. Foi isso que ele demonstrara durante toda a sua vida. E reconhecia que Clóvis se beneficiara da benevolência divina.

— Mas era apenas um homem — repetiu. — Ambicioso, tentado pelo Demônio, ele, como todos os outros. Preocupado em estender seu reino até o Norte, uma vez que na Provença, de Arles até os Pireneus, as tropas de Teodorico, o Grande, tinham expulsado os soldados francos e burgúndios que tentavam tomar as últimas cidades em poder dos visigodos.

"Teodorico, o Grande, não podia ter-se mostrado mais hábil ao opor sua clemência à brutalidade sanguinária dos que ele passara a acusar de bárbaros: os francos de Clóvis, os burgúndios de Gondebaldo. Teodorico, rei da Itália, que se apresentava como o continuador de Roma, o protetor das antigas cidades romanas, dizia aos habitantes de Arles:

"— Pela graça da Providência, estais de volta à sociedade romana e devolvidos à liberdade de outrora. Retomai pois os costumes dignos do povo que veste a toga, abandonai a barbárie e a ferocidade. Que felicidade maior do que viver sob o regime do direito, estar sob a proteção das leis e não ter nada a temer? O direito é a defesa de todos os fracos e a fonte da civilização; regime bárbaro é o que se caracteriza pelo capricho individual!

"Isso é o que dizia Teodorico, o Grande: maneira de seduzir, de afastar os francos de Clóvis para longe da Provença.

"Sem falar que ele colocou Amalarico, o menino que escapara de morrer com o pai em Vouillé, no trono do reino visigodo que, depois de perder a Aquitânia, foi reconstituído na Espanha."

Parthenius ergueu as mãos num gesto que expressava sua impotência.

— Matar, matar! Clóvis, é claro, servia a Igreja católica contra a heresia ariana defendida por Teodorico, o Grande, mas comportava-se tal qual um bárbaro, um homem sedento de poder. Assim é que ele resolveu se apossar do reino dos francos ripuários cuja cidade, Colônia, sempre o atraíra.

"O velho rei Sigeberto, o Manco, insistia em viver! Que fazer então? Instigar contra ele o próprio filho, Cloderico, dizer-lhe, por intermédio de um mensageiro — recordo exatamente o que esse homem me confidenciou:

"— Acontece, Cloderico, que teu pai não passa de um velho capenga; se ele viesse a morrer, tu herdarias o reino e ficarias nosso amigo."

"Clóvis tentador! E Cloderico tratou de degolar o pai!

"Meu pai está morto — mandou dizer a Clóvis —; aqui estou eu de posse do tesouro e do reino dele. Enviai-me homens de confiança e eu lhes entregarei de bom grado a parte dessas riquezas que vos convier...

Parthenius estendeu a mão como quem presta juramento.

— Ouvi os enviados de Clóvis rirem, vangloriando-se de terem partido a cabeça de Cloderico com uma machadada no momento em que, debruçado sobre o cofre, ele enfiava as mãos no tesouro.

"Um dos homens contou que o sangue, depois de seco, formou como que uma crosta sobre as moedas. Mas bastou lavá-las para que o brilho esplendoroso do ouro ressurgisse.

* * *

"Clóvis soube ser generoso com esses assassinos.

"Eu tive de ir com ele a Colônia no dia seguinte ao crime. Ouvi-o falar a uma assembléia de francos ripuários em tom de franqueza, com os olhos brilhando de verdade. Ele lhes disse:

"— Escutai o que aconteceu. Enquanto eu navegava pelo Escaut, Cloderico, filho de Sigeberto, meu parente e aliado, fazia correr o boato de que eu queria mandar assassinar vosso soberano, nosso Sigeberto que combateu os alamanos a meu lado. Cloderico enviou assassinos visando à morte de Sigeberto. O próprio Cloderico foi massacrado, não sei por quem, enquanto abria o tesouro paterno. De minha parte, não tive qualquer cumplicidade com esses atos. Sei que seria um crime derramar o sangue de meus familiares. Mas, já que o mal está feito, eu vos dou um conselho que, se o seguirdes, será para o vosso bem: submetei-vos a mim e estareis sob minha proteção!

"Os francos ripuários aclamaram Clóvis e o ergueram sobre seus escudos. Eles o queriam para rei.

Parthenius se debruçou para mim e murmurou:

— Você ouviu? Clóvis lhes disse: "Sei que seria um crime derramar o sangue de meus familiares." E ele acabava de mandar matar Cloderico e antes o incitara a assassinar Sigeberto! E lembre-se de que o próprio Clóvis havia degolado Chararico, Ragnachar e o filho deste. Já não havia nenhum parente que pudesse sobreviver e pretender o trono: somente os frutos de seu sêmen o herdariam.

Parthenius cerrou o punho.

— Desde então, a soberania não está mais no ventre da mulher germânica, mas no sêmen do homem-rei! São os filhos do pai que reinam!

De novo ele escondeu os olhos com as mãos.

— Na época, ninguém se preocupou com essas mortes. Parecia que os crimes tinham o consentimento de Deus, já que preservavam a unidade do reino consolidando os povos francos que tinham Clóvis como rei cristão. Pois não era apenas a Gália que estava reunida, mas também a Germânia.

Parthenius alçou os ombros.

— Os bispos se felicitaram pela habilidade e astúcia de que Clóvis dera provas para expandir o reino da verdadeira fé. Quanto aos crimes que ele precisou cometer com essa finalidade, era preciso rezar para que Deus o perdoasse.

O ancião suspirou:

— E eu rezei, como os outros.

VINTE E OITO

— Eram os últimos meses, e o sangue não parava de correr... Parthenius falava com voz cansada, todo encolhido como se quisesse economizar suas forças, para não apagar a brasa de vida que ainda ardia nele.

— Mas eu não presenciei essa guerra — prosseguiu ele. — Estava deitado em meu pequeno quarto no palácio real, com o corpo tão dolorido que a cada movimento parecia que meus ossos iam quebrar, rasgar minha carne e minha pele. Talvez tenha sido o relato que Clotilde me fez do massacre perpetrado pelos turíngios que agravou meu mal e intensificou meu sofrimento?

Parthenius fez uma pausa, levantou a cabeça e me lançou um olhar interrogativo.

— Você conhece esse povo de bárbaros germânicos que veio do vale do Saale para as margens do Danúbio e depois se espalhou até o Reno?

Teodorico, o Grande, certamente para firmar com os turíngios uma aliança contra Clóvis, dera a própria filha, Amalaberge, ao rei deles. Clóvis, por sua vez, tentara comprar a paz confiando-lhes mulheres francas de alta linhagem como garantia, para provar a esses bárbaros que não pensava em atacá-los.

O velho abanou a cabeça.

— Mas os ódios que um grande rei inspira não têm limites. A inveja, a ambição, o desejo de atacar e de vencer, a esperança de espólio, as instigações de Teodorico, o Grande, subiram à cabeça desses turíngios.

"Um dia, Clotilde veio sentar-se junto de mim. Com os olhos vermelhos, as mãos trêmulas, ela me contou:

"— Os turíngios mataram mais de duzentas moças francas. Eles as amarraram pelos braços nas cabeças de cavalos e espetaram a garupa com as lanças. Esquartejadas, as moças ficaram em frangalhos. Outras foram estiradas nos caminhos, presas a estacas firmemente fixadas na terra e carroças carregadas de blocos de pedras passaram por cima delas; e quando os ossos dessas infelizes se quebraram, ele soltaram os cães, oferecendo-lhes como pasto os corpos martirizados. E as aves de rapina vieram disputá-los aos molossos."

"Clotilde persignou-se, e eu fechei os olhos, o corpo em comoção, desejando que Deus me levasse, que me arrancasse deste mundo cruel.

"Depois, pensei que, comparado a esses bárbaros pagãos, Clóvis, que cortara tantas cabeças, abrira tantas gargantas, não só as dos inimigos como as dos familiares, era um homem justo e bom, um cristão que matava sem crueldade. E dei-lhe graças por ter convertido os francos à justa fé, procurado fazer a lei ser respeitada em seu reino, evitando que a vingança irrompesse."

Parthenius se levantou e estendeu o braço como um orador pronto a defender uma causa.

— Pois devo fazer ao menos esta justiça a Clóvis — diz em voz alta. — Ele já não era um bárbaro para quem a vida de um inimigo ou de um rival vale menos que a de um cão.

"Os turíngios haviam massacrado as mulheres francas para que elas não pudessem gerar descendência. Clóvis agira da mesma maneira com seus parentes, mas, com os povos, ele se mostrara justo. A lei dos francos sálios, a lei sálica que ele promulgara, tinha por objetivo evitar as guerras privadas e substituir a morte pela pena pecuniária. Aquele que tocasse o seio de uma mulher não mais seria morto: seria obrigado a pagar quarenta moedas! A mulher não era mais entregue aos cães quando se temia que ela herdasse a terra do clã. Com a lei sálica, ela ficou proibida de herdar, mas teve a vida preservada. E Clóvis aprovou os bispos que, reunidos no Concílio de Orléans, decretaram que todo homem procurado que se refugiasse numa igreja teria direito de asilo. Sim, apesar do sangue que lhe sujava as mãos, Clóvis era cristão. Ele quis e agiu de modo que a Igreja fosse soberana."

Com um gesto, Parthenius dividiu o espaço diante dele.

— Clóvis não ignorava que havia dois poderes, o do rei e o dos bispos. E que, na ordem religiosa, os bispos lhe eram superiores.

O velho inclinou-se para mim.

— Você sabe por que ele não era mais um bárbaro, por que ele não era nem um pagão à maneira dos antigos romanos, nem um herege?

Ele não me deu tempo para responder:

— Porque Clóvis sabia que era apenas um homem, rei, mas mortal, e não homens divinizados como os imperadores romanos ou os soberanos germânicos que se apresentavam ao povo como *deus et pontifex maximus.*

E concluiu com o indicador em riste:

— Clóvis: nem Deus nem sacerdote, mas homem-rei. Cristão como um homem, impiedoso como um rei.

Parthenius virou-se e enfiou as mãos na anfractuosidade onde metera seus manuscritos.

Tirou todos e os pôs em cima da mesinha, murmurando que queria ler para mim uma última carta, a que os bispos reunidos em Orléans endereçaram a Clóvis em 10 de julho de 511.

— Eles conseguiram muito mais que o direito de asilo: o de resgatar prisioneiros. Sabiam que Clóvis oferecera suntuosos presentes a muitos deles, a fim de enriquecer o tesouro da Igreja, permitindo, assim, que ela ajudasse os mais pobres.

Parthenius brandiu um manuscrito.

— Quando entrei na nave da catedral da Santa Cruz de Orléans onde os bispos estavam reunidos, rodeados de inúmeros clérigos, eu me lembrei dos primeiros tempos do reinado de Clóvis, trinta anos antes. O rei ainda era pagão então. O reino visigodo, herético, dominava a parte mais rica da Gália, que era assaltada pelos alamanos e ameaçada pelos burgúndios. O poder de Clóvis era contestado pelos outros reis francos.

"Como tudo mudara! A Igreja era poderosa e respeitada. Em todo o Ocidente, Clóvis era reconhecido como o soberano mais poderoso. Cônsul e Augusto, ele era o rei cristão que extirpara a heresia. Os trinta e dois bispos — a Gália possuía então sessenta e quatro — que foram a Orléans expressaram-lhe reconhecimento."

Parthenius colocara o manuscrito no halo da luz da vela. Eu vi o grande pergaminho coberto por uma letra redonda que dava à página a aparência de um jardim cuidadosamente plantado, com alamedas traçando fileiras regulares de plantas recortadas.

— Ouça o que os bispos escreveram naquele domingo, 10 de julho de 511:

"A seu Senhor, filho da Santa Igreja católica, o muito glorioso rei Clóvis, todos os bispos aos quais ordenastes que viessem ao concílio.

Visto que um tão grande cuidado pela nossa gloriosa fé vos incita ao exercício da religião, e que no zelo de uma alma verdadeiramente sacerdotal reunistes os bispos para deliberarmos em comum sobre as necessidades da Igreja, nós, em conformidade com essa vontade e seguindo o questionário que nos destes, respondemos com as sentenças que nos pareceram justas. Se o que decidimos for aprovado por vós, o consentimento de um tão grande rei aumentará a autoridade das resoluções tomadas em comum por uma numerosa assembléia de prelados."

Parthenius fechou o manuscrito e murmurou:

— Fui o mensageiro dos bispos porque era o clérigo mais chegado ao rei. Enquanto Clóvis, de pé, olhava a basílica de São Pedro pela janela do palácio real de onde se avistava o campanário que dominava os vinhedos do monte Lucotecius, eu li a carta para ele.

"Era nessa basílica que ele queria que seu sarcófago fosse depositado, ao lado do de Genoveva, e na mesma cripta Clotilde também devia ser inumada.

"Clóvis virou-se para mim e pôs a mão em meu ombro. A mão era pesada, o pulso cingido de braceletes. Pensei nas muitas vezes em que ela brandira a *francisque* e matara.

"Ousei erguer os olhos para Clóvis, mas reparei que ele não me via: olhava reto em frente.

"Enquanto sua mão continuava a pesar em meu ombro, eu me perguntei: este homem, este rei teria realmente, como escreveram os bispos, a 'alma sacerdotal'?

"Ele agira no melhor de seus interesses, no melhor dos interesses da Igreja, uns e outros se reforçando mutuamente. Mas quem podia conhecer sua alma? Só Deus pode sondá-la. Só Deus pode julgá-la."

Parthenius abaixou a cabeça.

— Eu não sabia que, para ele, a hora do julgamento de Deus estava tão próxima.

VINTE E NOVE

— Um homem sempre sabe quando a morte está próxima — murmurou Parthenius. Tenta virar a cabeça, fechar os olhos, mas percebe o sopro rouco, impaciente, da sombra negra, adivinha até o arrepio dos véus que a envolvem. Esforça-se em vão para comprimir as orelhas com as palmas das mãos, mas ouve, no mais fundo de si, o som agudo da lâmina que a morte afia enquanto espera golpear.

Enquanto falava, o velho tapou os ouvidos e eu pensei que ele acabava de me descrever o que já sentira muitas vezes, ele que, no entanto, pretendia desejar ardentemente a morte e rezara a Deus, na minha frente, para que ela viesse levá-lo para os céus.

Mas, ao ouvi-lo essa noite, pensei que, até então, ele talvez me tivesse escondido o que sentia e acabava de me confessar seus verdadeiros sentimentos.

Provavelmente eu o olhei com compaixão, pois ele abanou a cabeça e disse não sem uma espécie de fúria:

— Não se engane! Eu espero a morte com impaciência. Não temo sua visão nem o ranger de seus dentes, nem o chocalhar de seus ossos! Falo somente de Clóvis nos dias que precederam seu trespasse em 27 de novembro de 511.

Nesse momento, as feições de Parthenius se crisparam.

— Era um homem jovem ainda, se pensarmos na idade em que Genoveva se foi, ou na de Remi, que ainda está vivo em Reims. Clóvis tinha 45 anos e há várias semanas ele ia diariamente ver a construção da basílica, irritava-se com a lentidão das obras, percorria o edifício retangular, entrava na cripta, supervisionava a colocação dos mosaicos, das tapeçarias. Contemplava o teto revestido à maneira antiga, depois ficava muito tempo sob o tríplice pórtico ornado de pinturas e mosaicos olhando o crepúsculo abrasar o horizonte. Foi ele quem quis que a basílica se abrisse para o oeste.

Parthenius cruzou os braços e abaixou a cabeça.

— Toda vez que o acompanhava e o via ajoelhar-se diante do sarcófago que guardava o corpo de Genoveva, depois de ele ter ordenado que designassem, dentre os prisioneiros visigodos, mais operários para o canteiro de obras, eu pensava que ele temia morrer antes do fim da construção, não podendo ser sepultado ao lado de Genoveva.

"Ele exigiu que a cripta ficasse pronta antes do resto da basílica.

"Um dia, eu o vi virar-se para Clotilde murmurando alguma coisa e percebi que ele lhe pedia que cuidasse para que ele fosse mesmo depositado na cripta, e que ela se juntasse a ele, depois de morta, na basílica que ela já teria finalizado. Pelo movimento de cabeça de Clotilde, pareceu-me que ela tentava tranqüilizá-lo, embora sem convicção, como se também soubesse que a morte os rondava e levaria Clóvis."

Parthenius repetiu várias vezes em voz cada vez mais surda:

— Ele sabia, ele sabia!

"Compreendi isso quando o vi encomendar a seus joalheiros uma coroa de ouro cravejada de pedras preciosas, que ele queria enviar ao papa para, com essa homenagem — a primeira feita por um rei cristão —, deixar bem marcado que ele honrava a Igreja universal e reconhecia-lhe a preeminência espiritual.

"Soube que, todo dia, depois de visitar as obras da basílica, ele ia à oficina dos joalheiros para supervisionar o acabamento dessa coroa de ouro, esse ex-voto que ele chamava o *Regnus*.

Aos poucos, Parthenius começou a falar cada vez mais baixo. Por fim, não passava de um sussurro e tive de me aproximar para entender o que ele dizia.

— Um dia de manhã, soube que *Regnus* fora enviado com escolta para Roma e me horrorizei com a certeza que logo me dominou: Clóvis ia morrer.

O ancião abaixou a cabeça, juntou as mãos.

— A morte o levou em 27 de novembro de 511, após um reinado de trinta anos. Ele foi vestido com a túnica púrpura e a clâmide vermelha de cônsul e Augusto. Mas a longa cabeleira loura de rei pagão ainda ondulava sobre seus ombros.

"Puseram-no em um sarcófago de pedra em forma de trapézio, tendo, como único ornamento, cruzes em cima e nos lados.

"Depois o cortejo se dirigiu para a basílica seguindo pela via romana que ladeia as antigas termas.

"O sarcófago fora colocado numa carroça; era pesado demais para ser levado nos ombros de homens.

"Toda a guarda pessoal de Clóvis seguia armada. Clotilde caminhava atrás da carroça, rodeada pelos filhos.

"Havia o mais velho, Thierry, de uns vinte anos, que não era filho de Clotilde, e os filhos dela: Clodomir, Childeberto e Clotário, jovens de dezesseis, quinze e quatorze anos. A filha Clotilde ia ao lado da mãe.

"A multidão onde se achavam, lado a lado, francos, habitantes de Paris, galo-romanos e visigodos, acompanhou o sarcófago até a cripta da basílica.

"Todos pareciam unidos na tristeza e na prece, mas quanto dura a obra de um homem quando a morte o leva?

"Como fica a unidade de um reino quando o rei desaparece?"

TRINTA

— Era essa história que você queria conhecer? — começou Parthenius — Saiba que ela não termina com a morte de Clóvis.

Ele veio em minha direção, brandindo o punho diante de meu rosto.

Fiquei espantado com sua cólera, o tom agressivo da voz, a fisionomia contorcida, os lábios cerrados de amargura e de ressentimento.

— Agora você talvez prefira que eu me cale, que o deixe pensar que o bem venceu o mal, que a justa fé cristã triunfou sobre a barbárie pagã, e que pode se contentar em rezar diante do sarcófago de Genoveva, de Clóvis e de Clotilde na cripta da basílica de São Pedro, no monte Lucotecius. Depois, preces feitas, olhará Paris do pórtico da basílica e, ao ver o palácio real, louvará o rei que soube fazer dessa cidade a capital de um grande reino cristão.

Parthenius sacode o punho como se quisesse me atingir, e eu recuo até esbarrar na parede da gruta.

Ele veio se aproximando, provavelmente na ponta dos pés, pois eu nunca o tinha visto tão alto, ou talvez eu é que me tivesse encolhido, escorregando as costas pela rocha.

— Pois bem — recomeça Parthenius —, você não vai embora assim, só com o sabor da ambrosia na boca!

Mostrava as mãos como se elas trouxessem uma taça a meus lábios para me forçar a beber.

— Quero que você sinta o gosto do veneno! — exclama ele. — Quero que descubra como tudo é turvo no fundo desta história, que aprenda que o homem jamais acabou com seus demônios, que não basta o batismo de um rei para que reine a ordem, e o sangue pare de ser derramado.

Parthenius vira-se de costas para mim e, afastando-se, vai se sentar no tamborete.

— Pois, se o rei Clóvis morreu, ele deixa quatro filhos: Thierry, Clodomir, Childeberto, Clotário, e a pobre irmã Clotilde. E o que você acha que querem esses rapazes, todos eles batizados, senão dividir o reino que acabara de ser reunido? Eles vão rejeitar a irmã, casá-la com Amalarico, o filho de Alarico que escapou de morrer no campo de batalha de Vouillé — está lembrado? — e que Teodorico, o Grande, tornou rei dos visigodos!

Parthenius segurou a cabeça com as duas mãos.

— E sem falar em Clotilde, a mãe, a santa mulher. Ela não se esquece de que, outrora, Gondebaldo, o rei burgúndio, matara o pai e a mãe dela. E porque os demônios a deixam cega, ela pensa que chegou a hora da vingança. Reúne os filhos. Fala-lhes de Sigismundo, o filho e herdeiro de Gondebaldo, cristão da verdadeira fé. Não importa. Ela clama que é preciso conquistar o reino burgúndio! E incita os filhos à guerra!

Parthenius deixa cair as mãos e, olhando para mim, pede que me aproxime. Num tom de voz em que a cólera já desapareceu, ele repete:

— Ouvi Clotilde dizer aos filhos: "Eu os amamentei ternamente. Chegou o momento de conhecerem o ultraje que sofri, a desgraça que o rei burgúndio fez cair sobre mim. Está na hora de vocês vingarem meu pai e minha mãe!

O velho escondeu de novo a cabeça entre as mãos.

— Ela disse isso — murmura ele — e os filhos estavam tão sequiosos de novas terras que investiram contra o reino burgúndio. No entanto — o ancião afasta as mãos —, no entanto, todos tiveram um grande quinhão. Thierry era rei em Reims, Childerico em Paris, Clodomir em Orléans, Clotário em Soissons. Eram reinos vastos. Eles poderiam ter se contentado, se conciliado. Mas o ciúme os dilacerava. O gosto do poder e o desejo de conquista é que os cegavam. Clotário desposaria sete mulheres! Quanto a Clodomir, esse se atirou sobre o reino burgúndio, degolou Sigismundo e os filhos, e jogou os cadáveres num poço!

Parthenius se levanta e anda em minha direção.

— Todos voltaram a ser bárbaros, a ser pagãos! Até a rainha Clotilde! Todos surdos à voz de Deus, às profecias dos homens santos que disseram a Clodomir:

"— Se pensares na fé em Deus e, recorrendo a uma inspiração melhor, poupares Sigismundo e família, Deus estará contigo e obterás a vitória. Se, ao contrário, tu os mandares matar, cairás nas mãos de teus inimigos; perecerás sob seus golpes, e será feito contigo e os teus o mesmo que fizeres com Sigismundo e os dele."

"E a profecia de santo Avito se realizou.

Parthenius ergueu os braços; nunca o tinha visto tão violento e amargo.

— Os corpos de Sigismundo e seus filhos mal começavam a apodrecer no fundo do poço onde Clodomir os atirara, e a cabeça do próprio Clodomir era exibida na ponta de uma lança, os longos cabelos empapados de sangue.

Ele se afasta alçando os ombros.

— À barbárie responde a barbárie! — Clodomir caiu numa emboscada que os burgúndios lhe prepararam, e é provável que seus irmãos tenham favorecido a tocaia para repartir o reino em proveito próprio!

Parthenius vira-se para mim, sarcástico:

— Ainda não é o veneno no fundo da taça, somente a borra. Você vai beber e esquecerá o néctar e a ambrosia.

Volta a se sentar.

— Clodomir tinha três filhos: Teodobaldo, Gunther e Clodoaldo. Foram acolhidos por Clotilde, que os cercou de amor, mas também os esmagou com sua ambição. Ela lhes dizia: "Quando eu vos vir tomar o lugar dele e reinar em seu reino, vai me parecer que não perdi meu filho Clodomir."

Mas esse reino estava nas mãos de seus tios Childeberto e Clotário. Você conhece um único rei, mesmo batizado, pode citar um imperador, mesmo cristão, que esteja disposto a devolver o que já usurpou?

Após uma pausa, Parthenius soltou um murmúrio:

— Eis o veneno.

Parthenius acenou-me para que fosse até dele.

Ele estava sentado no catre e eu me sentei no tamborete.

— Não esqueça que esses reis, Childeberto e Clotário, foram batizados e veja só como procedem. Eles temem que um dia a mãe os obrigue a devolver o reino que usurparam aos filhos de Clodomir. De modo que os atraem à casa de Childeberto, em Paris, e enviam a Clotilde um mensageiro, Aracadius, um homem que eu conheci, rápido como uma serpente.

"Ele se apresenta diante da rainha brandindo um gládio numa das mãos e uma tesoura na outra e diz: "Fui encarregado de vos perguntar o que fazer com vossos netos: tonsurá-los ou matá-los?"

"Tonsurá-los significava torná-los monges em vez de reis!"

Parthenius comprime a fronte entre as mãos como se quisesse impedir o ressurgimento dessas recordações.

— Sabe o que Clotilde gritou como resposta?

Ele se levantou e voltou a andar na gruta, para lá e para cá.

— Como uma mulher germânica, como uma bárbara, a mais cristã das mulheres, a rainha que quis que seus filhos fossem batizados antes mesmo do pai, ela berrou, e ainda ouço sua voz, um urro:

"— Prefiro sabê-los mortos que tonsurados!"

"Eis o veneno.

Parthenius apóia a testa contra a parede da gruta.

— Agora imagine Clotário e Childeberto a perseguirem os meninos, Teodobaldo, Gunther e Clodoaldo pelas salas do palácio. Clodoaldo, que só tinha cinco anos, é poupado dessa loucura assassina. Mas os outros dois, de dez e sete anos de idade, ninguém os pôde salvar. Eles tentam escapar da morte, suplicam enquanto o sangue começa a correr. Por um momento, Childeberto, sensível a esses gritos, hesita. Clotário o ameaça por sua vez, e Childeberto entrega-lhe os sobrinhos. E o sangue dos netos de Clóvis espalha-se sobre os ladrilhos e espirra nas tapeçarias.

"Eis o veneno. A barbárie."

Virando-me as costas, Parthenius fica submerso em silêncio.

Ao cabo de um longo momento, ele recomeça com voz cansada:

— Eu acompanhei Clotilde quando ela depositou os corpos de seus dois netos na cripta da basílica de São Pedro, ao lado dos de Genoveva e Clóvis. Depois, sua filha, humilhada, espancada pelo esposo Amalarico, foi-se juntar a eles.

O velho descreve um círculo com a mão.

— Era como se Deus quisesse lembrar que, em todo cristão, o demônio pagão está à espreita, pronto a saltar, a se apossar de toda a alma, a permitir que a embriaguez do sangue cegue o olhar.

Ele se persigna.

— Ao ver Clotilde chorar ajoelhada diante dos sarcófagos dessas crianças — de seus netos! — compreendi que ela havia expulsado de si a mulher bárbara, a germânica vingativa que a dominara após a morte de Clóvis. Ela se retirou para Tours, e eu a segui.

"Todos os dias ela ia rezar no túmulo de são Martinho. Os peregrinos se ajoelhavam a sua passagem. Eles a veneravam. Ela lhes dava uma esmola generosa e lhes agradecia por aceitarem o oferecimento. Com seus donativos, ela possibilita a construção de igrejas, a fundação de monastérios. Eu a olhava: já não era a rainha coroada, mas uma serva de Deus.

Parthenius está metido em seu catre e me vira as costas. Ainda o ouço murmurar:

— Fiquei junto dela sem nunca falar do que vivêramos, sem mencionar os homens santos ou bárbaros que conhecêramos. Mas freqüentemente nos sentávamos face a face, ela segurava minhas mãos e rezávamos juntos numa só voz, sem desviar os olhos um do outro.

O velho soergue-se, inclina a cabeça e olha para mim.

— Deus a chamou no ano de 548, então eu me retirei para cá, para o monastério de Marmoutier, para essa gruta que é meu sarcófago e onde eu espero.

Ele parece querer enfiar-se ainda mais na cavidade que lhe serve de catre.

Na obscuridade, distingo apenas uma forma um pouco mais escura.

— Deixe-me agora — diz ele. — Você será o último a quem falarei.

Saí da gruta.

A bruma encobria o vale. Já não se via o céu nem a terra.

Mas ouvi o barulho da água.

No sopé da falésia, o rio seguia seu curso até o oceano.

Impresso no Brasil pelo
Sistema Cameron da Divisão Gráfica da
DISTRIBUIDORA RECORD DE SERVIÇOS DE IMPRENSA S.A.
Rua Argentina 171 – Rio de Janeiro, RJ – 20921-380 – Tel.: 2585-2000